dtv

Reihe Hanser

Dario ist 16 und voller Wut. Einer, dem alles egal ist, vor allem seit der Vater die Familie verlassen hat. Nachdem Dario in der Schule randaliert hat, wird er zu gemeinnütziger Arbeit verdonnert. Er soll sich um Andy kümmern, der im Rollstuhl sitzt und sich kaum mitteilen kann. Dario hat seine eigenen Vorstellungen von Fürsorge und haut mit Andy kurzerhand ab. Für einige Tage nimmt er ihn mit ans Meer, auf der Suche nach seinem Vater. Es wird eine abenteuerliche Reise, immer der Sonne nach am Strand entlang. Dario lernt Andys feine Signale zu lesen und diesen »Halbidioten im Rolli« mit eigenen Augen zu sehen. Vor allem aber erkennt er, dass nicht die anderen für seine Wut verantwortlich sind. Er hat die Wahl, welchen Weg er gehen will.

Gabriele Clima, geboren 1967 in Mailand, hat über 50 Bilderbücher, Beschäftigungsbücher, Kinder- und Jugendbücher geschrieben und entwickelt. »Der Sonne nach« wurde 2007 mit dem Andersen Prize für das beste Jugendbuch ausgezeichnet und kam in die Auswahlliste des IBBY – als bestes Buch über einen Jungen mit Behinderung.

GABRIELE
CLIMA

DER SONNE NACH

Aus dem Italienischen von
Barbara Neeb und Katharina Schmidt

dtv

Ausführliche Informationen über unsere
Autorinnen und Autoren und ihre Bücher
finden Sie unter www.dtv.de

MIX
Papier aus verantwortungsvollen Quellen
FSC® C083411

11. Auflage 2021
2020 dtv Verlagsgesellschaft mbH & Co. KG, München

Titel der Originalausgabe: ›Il Sole fra Le Dita‹
(Edizioni San Polo s. r. l.)

Lizenzausgabe mit freundlicher Genehmigung der
Carl Hanser Verlag GmbH & Co. KG, München
Umschlaggestaltung: dtv nach einer Vorlage und unter Verwendung
einer Illustration von Enrico Pellegrino, Wiesbaden
sowie eines Fotos von Image Source | plainpicture
Druck und Bindung: CPI books GmbH, Leck
Printed in Germany • ISBN 978-3-423-62728-3

FÜR ANDREA.

UND FÜR FABIOLA,
DIE IHM FLÜGEL
GESCHENKT HAT.

EINS

Dario wusste nicht, was er eigentlich hier sollte. Er hatte diesmal doch nichts Großes angestellt, mein Gott, macht euch nicht ins Hemd, ein kaputter Türgriff, davon gab es hier im Gymnasium doch sooo viele. Sogar an der Tür zum Büro des Direktors, das er gerade betreten hatte. Aber vielleicht hatten diese Vollpfosten das ja nicht einmal mitbekommen.

»Dario!«, rief die Delfrati. Er zuckte auf seinem Stuhl zusammen. »Der Herr Direktor spricht mit dir.« Sie fügte halblaut hinzu: »Niete.«

Niete. Die Delfrati wusste einfach, wie sie ihre Schüler motivierte. An *Niete* war Dario schon gewöhnt. Was er allerdings gar nicht abkonnte, war das, was sie vorhin vor der versammelten Klasse zu ihm gesagt hatte und woraufhin ihm die Sicherungen durchgebrannt waren. »Du bist eine Niete, Dario, aus dir wird nie was«, hatte sie zu ihm gesagt. »Das weiß doch jeder, oder? Auch dein Vater. Deswegen hat er sich ja davongemacht.« Das hatte sie zu ihm gesagt, vor der ganzen Klasse, einfach so, als ob nichts dabei wäre. Und Dario war aufgestanden, hatte die Augen zu schmalen Schlitzen zusammengekniffen, die Hände fest zusammengeballt, und alle hatten schon gedacht, er würde jetzt auf sie losgehen, so stark hatten seine Arme gezittert. Stattdessen war er aus dem Klassenzimmer gestürmt und hatte die Tür so fest hinter sich zugeknallt, dass der Griff weggeflogen war wie ein Korken aus einer Sektflasche.

»Dario«, sagte der Direktor. Seine Stimme klang staubtrocken. »Du weißt, warum du hier bist?« War das eine Frage? »Du bist hier, weil du endlich Verantwortung für dich übernehmen musst.«

Dario starrte auf seine Stirn. Der Ansatz des Toupets lugte zwischen den künstlichen Haaren hervor wie eine grobe Naht. Wie in den alten Frankensteinfilmen. Dario musste grinsen und schaute zu Boden.

»Du findest das witzig?«

»Nein. Ich hab an was anderes gedacht.«

»Natürlich, wie immer. Nur keine Sorge, ich lass dich gleich gehen, ich habe nicht die Absicht, dir hier lange Vorträge zu halten, inzwischen weiß ich, dass so etwas sinnlos ist.« Der Direktor stand auf, ging zum Fenster, sah mit vorgerecktem Kinn nach draußen. »Merkst du nicht, dass heute ein anderer Wind weht?« Er kehrte zum Schreibtisch zurück und nahm ein Blatt Papier aus einem Aktenordner. »Hier, bitte«, sagte er und hielt es ihm unter die Nase. »Seit heute bist du bei der *Ehrenamtlichen Pflegebegleitung* dieser Einrichtung angemeldet.«

Die Delfrati kicherte höhnisch.

»*Ehrenamtliche* ...«, wiederholte Dario stammelnd.

»... *Pflegebegleitung*«, ergänzte der Direktor für ihn. »Was heißt« – er stand auf und kam um den Schreibtisch herum –, »dass du dich ab sofort und bis zu einem Termin, der noch festgelegt wird, um die ›weniger vom Schicksal begünstigten‹ Personen kümmern wirst, die diese Schule besuchen.«

Dario schaute kurz zur Delfrati hinüber. Sie grinste, als ob sie im Lotto gewonnen hätte.

»Wie jetzt ... um Behinderte!?«

»Nein, um *Menschen mit besonderen Fähigkeiten*. Diesen Ausdruck solltest du dir einprägen, denn du wirst ihn ab sofort benutzen.«

Dario sagte nichts dazu. Der Direktor drehte auf den Hacken um und kehrte hinter seinen Schreibtisch zurück.

»Du bist doch ein schlaues Kerlchen. Ich bin sicher, dass du uns alle überraschen wirst. Morgen fängst du an.«

Er wedelte verabschiedend mit der Hand und widmete sich wieder seinen Unterlagen.
Dario stand auf und ging zur Tür.
»Übrigens, ich warne dich«, fügte der Direktor hinzu, ohne vom Schreibtisch aufzublicken. »Noch so eine Dummheit, und du hast ein echtes Problem. Dann kommst du nicht mehr so leicht davon.«
Dario antwortete nicht. Er drehte sich einfach um und packte den Türgriff. Der Griff brach mit einem satten *KRAAACKS* ab.
Die Delfrati quiekte erschrocken auf.
»Uups«, sagte Dario und hob den Griff auf. »Der gehört bestimmt Ihnen.« Und warf ihn quer durch den Raum.
Der Griff beschrieb einen perfekten Bogen durch die Luft. Der Direktor sprang hoch, beugte sich vor und fing ihn auf, ehe er auf der Schreibtischplatte landete.
»Raus!«, brüllte er mit hochrotem Kopf.
Aber Dario stand schon draußen auf dem Gang. Und grinste, während er mit den Händen in den Hosentaschen davonging.
An der Sache hatte das jedoch nichts geändert.
Ehrenamtliche Pflegebegleitung. Bei *Behindis*.
So ein Mist!

ZWEI

Bist du das, Schatz?« Die Stimme seiner Mutter kam aus der Küche und erreichte ihn zusammen mit dem üblichen Essensgeruch.

Dario nahm weder das eine noch das andere wahr. Er ging durchs Wohnzimmer in sein Zimmer und warf sich aufs Bett.

Er blieb erst mal liegen, das Gesicht ins Kissen vergraben, und versuchte, an nichts zu denken, während der ganze Ärger dieses verkackten Tages sich in seinem Magen zusammenklumpte wie geronnene Milch.

»Dario?« Die Mutter steckte ihren Kopf durch die Tür. »Du hast den hier draußen vergessen.«

Sie kam ins Zimmer und stellte den Schulrucksack auf den Stuhl.

»Ist alles in Ordnung?«

Dario antwortete nicht.

»Dario …«

Schweigen.

Die Mutter seufzte.

Was soll ich dir schon sagen, Mama, dachte Dario. Es ist überhaupt nichts in Ordnung, und das weißt du ganz genau. Es ist alles ätzend, so wie gestern und wie vorgestern. Es ist wie immer, nichts Neues. Aber wenn du es genau wissen willst, dann ist es heute noch einen Tick ätzender, mit dieser Scheißpflegebegleitung, zu der man mich gerade verdonnert hat.

»Dario …«

»Schon gut, Mama, alles klar.«

»Bist du sicher?«
Die Mutter kam näher, setzte sich auf die Bettkante und berührte sanft seine Hand.
»Wenn es irgendetwas gibt, was du mir sagen musst ...«
»Nein, Mama, mir geht's gut. Ich will bloß allein sein. Nur kurz.«
»Willst du denn gar nichts essen?«
»Keine Ahnung. Nachher. Vielleicht.«
»Ich lass alles für dich stehen. Den Teller, die Suppe ...«
Ja, Mama, mach das, wie du willst.
Die Mutter strich ihm noch einmal über die Hand, dann stand sie auf und verließ das Zimmer. Wenn sein Vater hier gewesen wäre, hätte er ihn hochgehoben, so wie damals, als er noch klein war. Sein Vater kannte keine halben Sachen, etwas war entweder so oder nicht. Und das war etwas Schönes. Schön und richtig gut. Dario fühlte sich dann ganz von seiner Kraft erfüllt. Und genau so sollte doch ein Vater sein, oder? Dazu ist er doch da.
Sein Vater nannte ihn immer Darius den Großen, nach dem persischen König. Der Große. Und er lachte, wenn er das sagte, und boxte Dario in die Schulter, um ihm zu verstehen zu geben, wie groß er war, wenn er mit seinem Vater zusammen war. Aber offensichtlich hatte Dario sich nicht als groß genug erwiesen. Sonst wäre sein Vater ja wohl kaum gegangen. Vor neun Jahren.
Dario hörte, wie die Mutter im Wohnzimmer nebenan den Fernseher einschaltete.
Er streckte einen Fuß vor und stieß die Tür mit einem satten Tritt zu. Vergrub den Kopf noch tiefer im Kissen.
Stille erfüllte Augen und Ohren.
Und er schlief ein.

DREI

Dario, komm doch herein, mein Guter!«
Die Stimme der Delfrati schrillte durch die ganze Turnhalle. Quäkend wie eine Gummiente. Und falsch. Genau wie sie selbst.

»Das ist Andrea«, sagte sie und zeigte auf den Jungen im Rollstuhl neben sich. »Aber wir nennen ihn Andy, ja, das ist unser Andy.«

Sie streichelte ihn. Andy verdrehte die schwarz glänzenden Augen.

»Von heute an wirst du dich um ihn kümmern, Dario, du wirst bei ihm bleiben und ihm helfen, wenn er etwas braucht.«

Dario betrachtete die merkwürdige Gestalt vor sich, die da so schräg im Rollstuhl hing. Sie bewegte sich nicht, sah ihn schief von der Seite an, mit verdrehten Augen, als ob sie etwas suchte, was die anderen nicht sahen. Der Junge wirkte wie ein geknickter Blumenstängel. Was konnte so ein Halbidiot in einem Rollstuhl schon brauchen?

Hinter ihm stand eine mollige Frau, weich wie ein Marshmallow, lächelnd, und hielt die Griffe des Rollstuhls fest umklammert.

Die Delfrati hüstelte. »Nun, Dario, willst du deinen neuen Freund nicht begrüßen, wie es sich gehört?«

Dario schnaubte genervt, trat aber einen Schritt nach vorn und streckte die Hand aus. »Hallo.«

Andy starrte ihn an. Er legte den Kopf zur Seite und öffnete den Mund in einer Art Gähnen.

»Dario, du Dummerchen«, flötete die Delfrati. »Andy kann sich nicht bewegen, siehst du das denn nicht? Du musst seine Hand

nehmen und sie schütteln. Aber sei vorsichtig, ja, er ist sehr empfindlich.«
Dario beugte sich vor und nahm Andys Hand. Sie war unglaublich leicht. Wie der Flügel eines Vögelchens.
»Hallo, ich bin Dario«, wiederholte er. Er kam sich albern vor.
»Ach wie schön«, seufzte die Delfrati. »Und wo ihr euch nun vorgestellt habt, lasse ich euch allein. Aber seid schön brav, ja? Und wenn ihr mich braucht, wisst ihr ja, wo ihr mich findet.«
Sie drehte sich um und verschwand eilig.
Seid schön brav. Was für ein dämlicher Satz. Seid schön brav sagt man zu kleinen Kindern. Oder Vollidioten. Aber vielleicht hielt die Delfrati sie ja beide dafür.
»Ich heiße Elisa«, sagte der Marshmallow. »Wenn du willst, dann erklär ich dir ein paar Dinge.«
»Wow. Ich kann's gar nicht erwarten.«
Elisa lächelte. »Also, ich kümmere mich gern um Andy. Aber ich kann verstehen, wenn das nicht jeder so sieht.«
»Hör mal, ich habe mich nicht darum gerissen, hier zu sein, also mach es kurz, in Ordnung?«
Elisa lächelte wieder. »Es tut mir leid«, sagte sie, »aber ›mach es kurz‹ trifft es nicht ganz. Das hier ist nicht so etwas wie Radfahren lernen, es ist etwas komplizierter. Und vor allem braucht es Zeit. Je mehr Zeit du dir nimmst, desto besser wird es dir gelingen. Daher ist ›mach es kurz‹ nicht der richtige Ausdruck.«
»In Ordnung, okay, was für ein Nervkram, sag mir einfach, was du zu sagen hast, damit wir es hinter uns haben.«
Elisa lächelte. »Das wird nicht einfach für dich, stimmt's?«
Andy lachte. Ein Speichelfaden lief ihm das Kinn hinunter.
Nein, das würde bestimmt nicht einfach.

VIER

Die erste Woche war richtig hart. Und zog sich grässlich lange hin. Vier Stunden ehrenamtliche Pflegebegleitung konnten wirklich eine Ewigkeit sein.

Das Problem war dabei eigentlich nicht so sehr Andy, sondern Elisa. Es ist einfach extrem anstrengend, wenn man ständig jemanden neben sich hat, der ununterbrochen lächelt, egal was passiert. Jede Minute, jeden Augenblick des Tages, jedes Mal, wenn Dario sie ansah, lächelte Elisa. Als wäre das nicht nur ein Gesichtsausdruck, sondern eben ihr Gesicht. Einfach widerlich. Wie Karamellzucker. Denn wenn du jeden Tag Karamellzucker isst, wird dir davon irgendwann bloß noch schlecht.

Andy dagegen war halb so wild. Gut, manchmal lief ihm die Spucke aus dem Mund und man musste ihm das Kinn mit einem Taschentuch abwischen. Aber abgesehen davon fühlte es sich für Dario an, als wäre er gar nicht da. Er sagte nie was, nur ab und zu kam von ihm ein Laut oder ein Stöhnen, na ja, warum hätte er auch reden sollen? Schließlich gab es ja Elisa, die an alles dachte, bevor Andy es überhaupt brauchte. Allzeit bereit. Immer. Mit einem Lächeln. Eine Konstante. Eine Landplage.

Wie schaffte Andy das bloß, sie zu ertragen? Aber vielleicht merkte er gar nicht, was um ihn herum passierte. Oder vielleicht merkte er doch alles, und es war ihm einfach egal.

Dario übernahm kleinere Tätigkeiten, er gab Andy zu trinken, band ihm für das Mittagessen ein Lätzchen um und machte es ihm wieder ab. Und Elisa brachte ihm bei, wie er den Rollstuhl innerhalb

und außerhalb der Schule bewegen musste: wie er mit ihm die Treppen hinunterkam und auf die Bürgersteige hoch, wie er diese blöden Bordsteine meisterte, die irgendein Arsch einfach so grundlos in die Landschaft gesetzt hatte.
Dario brachte Andy jeden Tag vom Stockwerk mit den Klassenräumen zum Wintergarten gleich neben der Bibliothek, ein Raum mit riesig hohen Fenstern, wo die Sonne großartige Lichteffekte schuf wie im Innern einer Kathedrale.
Von dort aus sah man den Schulhof mit den Bäumen, den Bänken und den Kindern, die dort herumliefen, stehen blieben und sich unterhielten.
Und Andy saß da und lächelte, verdrehte die Augen und schaute, wohin auch immer, betrachtete, was auch immer.
Ab und zu stand Elisa auf und sagte: »Ich gehe mal für kleine Mädchen.« Und dann schwabbelte sie den Gang entlang, bis sie verschwunden war.
Und Dario hatte seine fünf Minuten. Fünf Minuten ohne Elisa. Fünf Minuten, um ein bisschen Gras zu rauchen.
»Weißt du, was das ist?«, fragte Dario, während er ein Plastiktütchen aus der Tasche holte. »Das ist Gras. Und zwar vom Feinsten.« Er nahm eine Prise zwischen zwei Finger und rollte sie in ein Blättchen. »Ein bisschen davon«, sagte er, »und all deine Probleme wären wie weggeblasen.«
Dann zündete er den Joint an, setzte sich mit dem Rücken an die Wand und nahm ein paar volle, tiefe Züge.
Ein Zug, und alles wurde leicht. Ein Zug, und sogar Elisas Idiotengrinsen war verschwunden. Ein Zug, und Dario war frei, war irgendwo anders, und es ging ihm gut. Ein Zug. Und er hielt bis zum Abend durch.

An dem Tag brannte die Sonne richtig heiß. Die Fenster des Wintergartens glühten wie ein Grillrost.
»Ist der nicht zu dick angezogen?«, fragte Dario mit einem Blick auf Andy, der schwitzte.
»Aber nein, was denkst du denn?«, antwortete Elisa. »Kälte ist tödlich.«
»Kälte? Wo mir heiß ist wie mitten im August.«
»Also das ist doch gar nicht wahr. Außerdem ist es für Menschen wie Andy besser, wenn es etwas wärmer ist, als dass ihnen zu kalt ist.« Elisa beugte sich über Andy, lächelte ihn an und zog ihm die Mütze noch weiter ins Gesicht. »Kälte ist tödlich, stimmt's, Andy?«, sagte sie zu ihm. »Kälte ist böse. Böse, böse Kälte.«
Andy verdrehte die Augen.
»Nehmen wir ihm doch wenigstens die Mütze ab. Siehst du denn nicht, dass ihm zu warm ist?«
»Das sagst du.«
»Hm, das ist doch sonnenklar.«
»Und warum ist das sonnenklar?«
»Siehst du nicht, er bewegt doch ständig den Kopf hin und her. Ist doch klar, dass ihn die stört.«
Elisa schickte einen verzweifelten Blick zum Himmel. »Andy bewegt ständig den Kopf, weil er das immer tut. Hast du das vielleicht noch nicht bemerkt?«
»Also ich glaube, er bewegt ihn, weil die Mütze ihn stört. Wie sollte er dir das denn sonst mitteilen?«
»Er muss es mir gar nicht mitteilen. Ich weiß es. Das ist mein Beruf.«
Dario sah Andy an. Und der ihn.
»Also ich glaube wirklich, dem ist warm.«
»Hörst du jetzt endlich auf? Was weißt du denn schon?«
»Ich seh das doch.«
»Tja, und ich weiß es.« Schnaubend drehte sie den Rollstuhl herum

und stellte ihn vor Dario hin. »Da, halt mal kurz. Ich muss mal für kleine Mädchen.«
Prima, bleib am besten gleich dort.
»Und nimm ihm ja nicht die Mütze ab!«
Darauf verschwand sie schwabbelnd wie immer.
Dario setzte sich auf den Boden und lehnte sich mit dem Rücken an die Mauer.
Er sah Andy an, dann holte er das Plastiktütchen aus der Jackentasche.
»Mein Gott, die ist wirklich eine Nervensäge.« Er nahm mit zwei Fingern ein wenig Gras und rollte sich in der Plastiktüte einen Joint.
Andy stieß einen Laut aus.
»Ich weiß nicht, wie du das aushältst. Also ich würde der von morgens bis abends eine reinhauen.«
Andy gurgelte etwas, schüttelte den Kopf.
»Was ist los?«, fragte Dario.
»Onne«, sagte Andy.«
»Ach, du sprichst ja doch.«
»Onne«, wiederholte Andy.
»Sonne? Du willst die Sonne sehen? Du willst, dass ich dich in die Sonne drehe?«
Andy lächelte und öffnete den Mund.
Daraufhin stand Dario auf, nahm die Griffe des Rollstuhls und drehte ihn zum Fenster hin.
Er blickte hinaus, zur Sonne, die hell an einem wolkenlosen Himmel strahlte.
»Mann, ist das heiß heute«, sagte er, dann sah er Andy an, beugte sich über ihn und nahm ihm die Mütze ab.
»Weißt du, was wir machen?«, murmelte er dann. Er drehte den Rollstuhl um und schob ihn in den Flur.

Als sie hinaus in den Hof kamen, hatte es schon zum Pausenende geklingelt. Die Schüler waren auf dem Weg hinein, manche hatten es eilig, andere nicht so, denn an einem solchen Tag konnte es einem doch egal sein, ob man zu spät dran war, es konnte einfach nichts schiefgehen.

Ein Mädchen prallte gegen den Rollstuhl.

»He!«, rief Dario.

»Tut mir leid«, sagte sie. Sah ihn an, sah Andy an, lächelte und lief weiter.

Andy gluckste.

»Hast du gesehen? Die stand auf dich«, sagte Dario. »Warum hast du es nicht bei ihr probiert?«

Andy grinste. *Wer weiß das schon?*, schien er sagen zu wollen.

»Jetzt hast du deine Chance verpasst.«

Da kann man nichts machen.

»Aber die nächste lässt du dir nicht entgehen.«

Sie blieben allein im Hof, Dario rauchte, Andy genoss die Sonne, beide ganz und gar versunken in dieses Blau, das so tief war wie das Meer.

Aber leider hielt dieser Moment nur kurz an, sehr kurz. Nach ein paar Minuten stürzte Elisa in den Hof wie ein Jagdbomber.

»Bist du verrückt? Was machst du denn da?«

»Keine Panik, wir haben nur eine Runde gedreht.«

»Ich hab dir doch gesagt, dass Andy nicht rausdarf. Er darf keine Kälte abbekommen!«

»Aber wenn wir doch dreißig Grad haben!«

»Dreißig Grad! Was weißt du denn schon, was dreißig Grad für einen wie Andy bedeuten.«

»Jetzt mach doch kein Drama draus. Er hat geschwitzt. Das hätte er dir auch sagen können.«

Elisa verzog das Gesicht. »Aber das kann er eben nicht. Genau da-

für bin ich da.« Sie packte den Rollstuhl. »Lass los«, sagte sie. »Ich nehme ihn.«
Dario umklammerte die Griffe.
»Hände weg, habe ich gesagt. Was willst du denn schon wissen! Zu mir sagt hier auf jeden Fall keiner Niete.«
Dario starrte sie an, kniff die Augen zu Schlitzen zusammen. Er ließ den Rollstuhl los, aber nicht, ohne ihn nach vorn zu schubsen.
Andy machte einen Satz, sein Kopf fiel nach vorn.
Elisa sah Dario fassungslos an, ihr stand der Mund offen, und die Augen fielen ihr fast aus dem Kopf.
»Was denn?«, meinte Dario. »Ich habe ihn wenigstens mal wachgerüttelt. Wenn es nach euch geht, würde dieser Halbidiot hier vor Langeweile eingehen.«
»Du wirst schon sehen«, zischte Elisa drohend. Sie wandte ihm den Rücken zu und schob Andy in Richtung Treppe.
Dario bewegte sich nicht. Er betrachtete die Sonne. Den Himmel. Die Bäume, die versuchten, diesen zu überqueren.
»Ach, leck mich«, sagte er.
Und ließ sich fallen, wo er gerade stand.

FÜNF

Du hast ihn einen Idioten genannt?«, fragte die Delfrati. »Du hast einen behinderten Jungen Idiot genannt?«

»Halbidiot«, erwiderte Dario. »Also, das ist doch das Gleiche, als würde man halb intelligent sagen, oder?«

Die Delfrati zog die Mundwinkel nach unten. »An deiner Stelle würde ich hier keine Witze reißen. Du hast einen Jungen beleidigt, der im Rollstuhl sitzt; du hast jemanden beleidigt, der eindeutig schwächer ist als du.«

»Na und? Nennen Sie mich nicht jeden Tag Niete?«

Die Delfrati tat, als hätte sie nichts gehört. »Er hätte auch aus dem Rollstuhl fallen können. Ich nehme mal an, daran hast du nicht gedacht.«

Oh doch, Dario hatte daran gedacht, und wie er daran gedacht hatte. Es war das Einzige gewesen, was ihm an der ganzen Sache nicht gefallen hatte. Alles Übrige, die Sonne, der Hof, Elisas hochrote Birne, das war der Hammer gewesen. Aber das eben nicht.

Er sah Andy verstohlen von der Seite an. Der schien tausend Kilometer weit weg zu sein. Er verdrehte die Augen zum Fenster hin, suchte dort nach diesem großen gelben Etwas, das sich nach woanders anfühlte. Vielleicht war er ja gerade dort, woanders, genau dort, wo er sein wollte, weit weg von diesem ganzen Mist hier. Vielleicht war der Idiot ja gar nicht so blöd.

»Nun?«, zischte die Delfrati.

»Sie haben recht«, antwortete Dario. Sonne. Woanders. Freiheit. »Es tut mir leid«, fügte er hinzu.

Die Delfrati sagte nichts. Sie sah Dario nur an. Meinte er das ernst? Ja, er wirkte ernst. Elisa rührte sich nicht.

»In Ordnung«, sagte die Delfrati schließlich. »Tun wir so, als wäre nichts passiert.«

Na toll, dachte Dario, das ist genau die Antwort, wie man sie von einem Weichei erwartet.

»Es ist ja das erste Mal, dass du dich um eine Person mit einer Behinderung kümmerst, also tun wir mal so, als würdest du heute damit anfangen.«

Dario rümpfte die Nase. Und was zum Teufel ist mit der Woche, die ich schon abgeleistet habe?, dachte er. Aber das sagte er nicht.

»Deshalb, wenn Elisa nichts dagegen einzuwenden hat …« – die Delfrati sah Elisa an –, »wirst du deinen Dienst wie vorher wiederaufnehmen.«

Elisa gab keinen Mucks von sich, obwohl sie etwas dagegen hatte, und wie sie etwas dagegen hatte, sie versuchte nicht einmal, das zu verbergen. Aber ihre Meinung zählte hier wohl nicht, weder für Dario noch offensichtlich für die Delfrati.

»Sicher«, sagte sie knapp. »Kein Problem. Sie entschuldigen mich?« Und sie lief gemeinsam mit Dario zur Tür. »Pass bloß auf«, zischte sie ihm zu, als sie den Raum verließen.

Bei der Treppe blieb Elisa stehen, Dario wendete den Rollstuhl und begann, ihn die Treppen hinunterzufahren.

Er war inzwischen sehr geschickt darin geworden. Und in seinen Armen steckte eine Kraft, von der Elisa nur träumen konnte, bei ihren schwabbeligen Wurstarmen. Denn man braucht sehr viel Kraft, um einen Rollstuhl zu manövrieren, und das nicht nur auf einer Treppe. An solche Dinge denkt nie jemand, das merkst du erst, wenn du dich ihnen stellen musst.

Dario war nie sehr gut darin gewesen, sich Dingen zu stellen. Er war viel besser darin, ihnen auszuweichen, nein, darin war er sogar ein

Meister. Oder sie hinauszuschieben, was ja auch nur eine andere Art war, ihnen auszuweichen und gleichzeitig das eigene Gewissen zu beruhigen.
Und doch, aus irgendeinem Grund war es mit Andy nicht so. Dario hatte kein Problem, sich um ihn zu kümmern, vielleicht weil der Umgang mit ihm so einfach war. Im Gegensatz zu dem mit Elisa, der Delfrati, dem Direktor und dem Rest der Welt.
Elisa war noch unerträglicher geworden. Nicht nur, weil sie noch mehr lächelte als vorher, sondern wegen der Art, wie sie Andy behandelte. Mit diesen »Mein Andy« und »Jetzt ziehen wir die Schühchen an« und »Aufpassen mit dem Händchen«. Manchmal sprach sie mit ihm sogar in der dritten Person. »Ist meinem Andy kalt? Will er nicht sein warmes Sweatshirt anziehen? Natürlich will er das, ich weiß es, auch wenn er es mir nicht sagt.« Zum Kotzen.
»Warum behandelst du ihn so?«, fragte Dario sie.
»Wie behandele ich ihn denn?«
»Der ist doch kein Idiot. Warum redest du mit ihm nicht wie mit einem normalen Menschen?«
»Weil Andy kein normaler Mensch ist.«
»Wer sagt denn, dass er kein normaler Mensch ist? Du?«
»Nein, das sagt uns die Tatsache, dass er in einem Rollstuhl sitzt.«
»Und was hat der damit zu tun? Wenn ich mir beide Beine breche, werde ich dann etwa schwachsinnig?«
»Nein, das brauchst du gar nicht, das bist du auch schon mit gesunden Beinen.«
Ende der Diskussion.
Sie nahmen ihre Ausflüge in den Wintergarten wieder auf und stellten den Rollstuhl immer wieder hinter das glühend heiße Fenster. Ab und zu schickte Andy seinen Gruß hinauf zur Sonne, zum Himmel, zu diesem Viereck Freiheit hinter den Fensterscheiben.
Freiheit.

Etwas, was ihm wohl immer verwehrt blieb.
Vielleicht.
Oder vielleicht auch nicht.
Dario wartete nicht einmal ab, bis Elisa im Flur um die Ecke gebogen war.
»Bist du bereit, Andy?«, fragte er. Und wendete den Rollstuhl.
Andy gluckste. »Onne!«, rief er laut.
Dario lachte. »Prima. Na, siehst du, dass du kein Idiot bist?«
Und lief einfach los.

SECHS

Er flitzte schnell wie ein Pfeil zum Eingang. Schob Andy durch das Hauptportal und die Betonrampe hinunter, und während der Rollstuhl in seinen Händen so heftig ausschlug wie ein durchgehendes Pferd, überquerten sie den Platz, der vor das Schulgelände führte.

Andy kreischte und lachte mit offenem Mund, Sonne im Gesicht.

Sie nahmen die Umgehungsstraße und folgten ihr ganz bis ans Ende, obwohl sie richtig lang war, dann bogen sie schnell wie ein Rennwagen in den Park, dass der Kies nur so unter den Rädern wegspritzte. Am Brunnen hielten sie schließlich an.

»Sonne!«, rief Dario und breitete die Arme aus.

Andy betrachtete ihn mit weit aufgerissenen Augen, ein Speichelfaden lief ihm an der Wange herab.

»Onne!«, wiederholte er.

»Genau, Andy. Ich habe dir die Sonne gebracht. Die echte, nicht das bisschen, das sie dir durch die Fenster gönnen.«

Dario ließ sich keuchend auf den Kies fallen und lehnte sich an die Brunnenumrandung. Sonne, Andy, die echte Sonne.

Er holte sein Gras aus der Tasche, drehte sich einen Joint. Zündete ihn an.

Gut zehn Minuten vergingen. Andy lachte und ließ sich von der Fontäne Wasser ins Gesicht spritzen, und Dario saß schweigend mit geschlossenen Augen da und rauchte.

»Na dann«, sagte Dario schließlich. »Gehen wir zurück. Wer weiß, was für einen Aufstand Elisa inzwischen gemacht hat.«

Etwas unsicher stand er auf. Ihm drehte sich der Kopf.

Er beugte sich über Andy und ordnete ihm die Haare, die feucht an der Stirn klebten.

In dem Moment hörte er Stimmen, die vom Eingang des Parks kommen mussten. Zwei Polizisten standen vor dem Gitterzaun und sprachen ein paar Leute an. Einer von ihnen deutete weiter in den Park hinein, auf den Pfad, zum Brunnen.

»Ach verdammt!«, fluchte Dario. Er spürte, wie ihm die Hitze zu den Schläfen hochschoss.

Er riss den Rollstuhl herum und lief, schnell und ohne sich umzudrehen, den Weg entlang, der zum gegenüberliegenden Ausgang des Parks führte. Dort verhakte sich der Rollstuhl am Tor, machte einen kleinen Satz und rutschte ihm beinahe aus den Händen.

Dario kam es so vor, als hörte er hinter sich eine Sirene. Er schob den Rollstuhl einfach auf die Straße Richtung Hauptbahnhof und rannte zwischen den Autos, die hupten, wenn sie an ihm vorbeifuhren.

Dann der Bahnhofsvorplatz. Und weiter mit Andy durch den Haupteingang, ihm war ganz schwindelig, vom Gras, vom Rennen.

Gesichter, Hände, viele Menschen. Ein Pfiff, dann eine Lautsprecherdurchsage. Wie viel Gras hatte er eigentlich in diesen Joint gerollt?

»Hey, pass doch auf!«, rief jemand.

»Wo willst du denn hin?«, fragte ein anderer.

Er ließ sich von der Masse treiben, hoch zu einem Gleis.

»Warte, nicht hier«, sagte jemand zu ihm und zeigte auf das hintere Ende eines Waggons. Dort blieb er stehen, spürte, wie man ihm den Rollstuhl abnahm.

»Los, steig ein, wir machen das schon.«

Jemand betätigte einen Aufzug. Dario stieg ein, stolperte, setzte sich auf einen Klappsitz neben Andy, der ununterbrochen rief: »Onne! Onne! Onne!«
Die Tür schloss sich, und der Zug fuhr los.

SIEBEN

Die Frau lächelte ihn an, zum dritten Mal schon. Und zum dritten Mal ignorierte Dario sie.

Er sah aus dem Fenster. Häuser, Felder, Lagerhallen, Straßen, die an ihnen vorüberzogen und sich zwischen den Anbauflächen kreuzten.

Immer noch fragte er sich, was eigentlich passiert war.

Gar nicht so übel, dachte er. Irgendwie war es ein gutes Gefühl. Weg von allen. Weg von Elisa.

Die Frau lächelte wieder. Sie ließ das Buch sinken, in dem sie las, und nahm die Lesebrille ab.

»Wie heißt er?«, fragte sie schließlich.

»Wer?«, fragte Dario zurück.

»Er. Wie heißt er?«

»Warum fragen Sie ihn das nicht selbst?«

»... Kann er denn sprechen?«

»Sicher, er ist behindert, aber kein Idiot.«

Nun lächelte die Frau nicht mehr. Sie reckte das Kinn vor und wandte sich Andy zu. »Wie heißt du?«, fragte sie ihn.

Andy antwortete nicht.

Die Frau räusperte sich. »WIE-HEISST-DU?«, wiederholte sie laut und betonte dabei jedes Wort einzeln.

Dario kicherte.

»Machst du dich etwa über mich lustig?«, fragte die Frau verärgert.

»Ich? Warum sollte ich?«

»Mir kommt es nicht so vor, als ob er mir geantwortet hätte.«

»Was weiß denn ich, vielleicht hatte er keine Lust.«
Die Frau kniff die Augen zusammen. Sie musterte Andy erneut und lächelte wie vorhin. »Seid ihr Brüder? Ihr seht euch ein wenig ähnlich.«
»Hören Sie, Sie müssen das nicht tun«, sagte Dario.
»Was tun?«
»Fragen stellen. Sie müssen das nicht tun, nur weil er im Rollstuhl sitzt.«
»Das weiß ich selbst. So etwas nennt man höflich sein. Und entschuldige mal, es interessiert mich wirklich, sonst würde ich nicht fragen.«
Na klar. Wenn Andy nicht mit dabei wäre, hättest du mich nie im Leben angesprochen.
»Okay, ja, wir sind Brüder«, erwidert Dario. »Zwillinge. Sieht man das nicht?«
»Oh doch, ihr habt die gleichen Augen.«
Mann, ist die blöd.
»Und wohin fahrt ihr?«
Draußen zog die Ebene schnell im regelmäßigen Takt der Räder vorbei. In der Ferne, wo der Himmel sich der Erde annäherte, nahmen die Wolken einen bläulichen Farbton an, sie wirkten wie ein Pinselstrich auf einem Gemälde.
»Ans Meer«, antwortete Dario.
»Ach wie schön, ans Meer. Werdet ihr dort erwartet? Von eurer Mutter? Einem Verwandten?«
»Aber sicher. Da ist Tante Fatima. Wir werden ihr bei Onkel Elvio helfen. Der Ärmste, er ist vorgestern gestorben. Zerhäckselt. Im Mähdrescher.« Die Frau ging nicht darauf ein. »Tante Fatima konnte noch nie gut mit Maschinen umgehen, sie braucht jemanden, der den Onkel rauszieht, er steckt immer noch im Trichter.«

Die Frau hüstelte. »Ich verstehe.«
Sie setzte sich die Brille auf und widmete ab sofort ihre gesamte Aufmerksamkeit nur noch ihrem Buch.
Der Zug fuhr immer weiter.

ACHT

»Die Fahrkarten bitte ...«

Dario wachte auf. Er stand vom Klappsitz auf und stopfte sich das T-Shirt zurück in die Hose.

Andy schlief neben ihm, den Kopf ans Fenster gelehnt.

Die Frau war nicht mehr da.

»Die Fahrkarten ...«

Der Schaffner blieb an der Tür der Trennwand stehen.

Er sah den Mann rechts von Dario an, hielt dessen Ticket vor das Lesegerät, wandte sich zur anderen Seite, nahm die Fahrkarte der jungen Frau links von ihm. Er schaute erst Andy, dann Dario an, zwinkerte ihm zu. Dann setzte er seinen Weg zum Ende des Waggons fort.

Dario rieb sich die Augen. Er betrachtete Andy, der schlief, den Kopf zur Seite geneigt, ein Arm hing schlaff nach unten. Dario zog ihn etwas hoch, um Andys Oberkörper aufzurichten, legte den Arm auf den Rollstuhl zurück. Da erst bemerkte er den Schnitt in der Hand, ein breiter, ausgefranster Riss knapp unterhalb des Handgelenks. War er irgendwo dagegengestoßen? Das Tor vielleicht, das vom Park. Der arme Andy, er hatte es wahrscheinlich nicht einmal gemerkt.

Dario stand auf, ging zur Toilette, feuchtete etwas Klopapier an und wischte damit Andy das eingetrocknete Blut ab.

Draußen glitt die Landschaft vorbei. Ein Stück Autobahn, graue Hochhäuser einer Vorortsiedlung. Der Himmel färbte sich gelborange, während die Sonne langsam unterging und sich dabei in

einem See spiegelte. Und hinter dem See, von weißen Wolken wie Segeln getupft, das Meer. Groß. Riesig. Zum Neidischwerden.
Dario mochte das Meer. Er mochte es, weil man es nicht einsperren konnte. Man konnte ihm keine Grenzen setzen, das konnte nur das Festland in seinen riesigen Dimensionen. Aber das war nur eine Illusion, weil dort, wo das Land endet, wieder das Meer beginnt und sich das zurückholt, was man ihm genommen hat. Weil man das Meer nicht einsperren kann.
»Andy«, sagte er und rüttelte ihn sanft an der Schulter. »Los, wach auf. Wir steigen hier aus.«

NEUN

Als der Zug wieder anfuhr, stand Dario immer noch wie erstarrt auf dem Bahnsteig. Seit vielleicht zehn Minuten schaute er schon auf das blaue Schild mit der Aufschrift *San Vincenzo*. San Vincenzo. Wann war er zum letzten Mal hier gewesen? Vor hundert Jahren, zweihundert, in einem anderen Leben vielleicht? Er konnte sich nicht erinnern. Damals nannte sein Vater ihn noch den Großen. Und hielt ihn an der Hand, wenn sie nebeneinanderliefen.

Dario nahm den Rollstuhl und fuhr das Gleis entlang. Ihm kam es so vor, als könnte er die Hand seines Vaters spüren, die seine Kinderhand drückte. »Vergiss nie«, sagte dieser, »du bist Darius, Darius der Große.« Und Dario glaubte ihm das wirklich.

Als sie an den Strand kamen, war es noch hell. Weicher Sand empfing sie dort, weich wie Mehl, sodass die Räder ohne ein Geräusch darin versanken. Es war niemand außer ihnen dort, die Sonnenschirme waren zusammengeklappt, die Liegen an der Kaimauer entlang hochgestapelt und mit Ketten aneinander befestigt.

Sie liefen bis zur Wasserlinie und blieben vor der sich blau erstreckenden Fläche stehen.

»Und?«, fragte Dario. »Hast du das schon mal gesehen? Hast du schon jemals das Meer gesehen?«

Andy lächelte, gluckste, öffnete den Mund, als wollte er dieses riesige, weite, endlose Ding vor ihnen aufessen.

Dario zog ihm das T-Shirt aus. »Wir bleiben hier eine Weile, und dann fahren wir zurück, okay? Heute Abend müssen wir zu Hause

sein, sonst kriegen wir echt Stress.« Er packte Andy unter den Achseln, hob ihn hoch und setzte ihn in den Sand, den Rücken gegen eine Düne gelehnt.
Dann setzte er sich selbst und ließ den Blick über den Horizont wandern.
»Schön, oder?«
Andy lächelte.
»Hier bin ich immer hergekommen, als kleiner Junge. Mit Papa.«
Dario beobachtete den Schatten einer Wolke, die den Himmel bedeckte. Sie hing tief und wirkte irgendwie offen, wie eine Möwe, die gleich herabstürzte und ihn mit sich forttrug.
Er kramte in seinen Taschen, holte das Gras hervor.
Der erste Zug erfüllte ihn ganz, seine Augen, seinen Kopf und seine Lungen. Er ließ das Marihuana in sich eindringen, bis tief zum Herzen, und dann strömte es wieder hinaus, wie das Meer, wenn es sich bei Ebbe zurückzieht. Er nahm noch einen Zug, streckte sich auf dem Sand aus und lächelte, als ob ihm die ganze Welt gehörte.
Gras, Meer.
Was braucht man sonst?
Lasst mich einfach so.
In Ruhe.
Ihr alle.

ZEHN

Musik drang in Fetzen an den Strand, sie wechselte sich mit dem rauschenden Wind ab, der sich jetzt erhoben hatte. Dario öffnete die Augen. War er etwa eingeschlafen? Musik, Schatten. Wind auf dem Gesicht. Und kühler Sand unter ihm. Wo war er hier eigentlich?

Er blickte neben sich. Es kam ihm vor, als sähe er zwei ferne Lichter jenseits des Meeres, die Fenster eines Hauses. Aus diesen Fenstern kam eine Stimme zu ihm, sie klang gebrochen, abgehackt wie ein Klagelaut.

Langsam setzte sich das Bild zusammen, die Fenster änderten ihre Form. Das waren keine Fenster, und sie waren auch nicht jenseits des Meeres. Das waren Andys Augen, dort neben ihm.

Andy sah ihn an, das Gesicht im Sand, den Oberkörper eingeknickt wie ein Schilfhalm nach einer Sturmflut. Anscheinend hatte die Düne nachgegeben, und jetzt lag Andy zusammengekrümmt auf der Seite. Er zitterte, stammelte unverständliche Worte, während der Sand auf seiner Wange sich mit der Spucke vermischte.

»Oh verdammt ...« Dario sprang auf. Er packte Andy unter den Achseln, zog ihm das T-Shirt wieder an, zog sein eigenes aus und wickelte es um ihn wie eine Decke.

»Oh verdammt ...«, sagte er noch einmal.

Andys Körper war kalt, eisig, als hätte ihn jemand in den Kühlschrank gepackt.

»Keine Sorge«, redete Dario auf ihn ein, während er ihm den Rücken durchknetete. »Keine Sorge. Dir wird gleich wieder warm.«

Aber Andy wurde nicht warm.
Beide blieben eine Weile in einer Umarmung liegen, inzwischen wurde die Abendluft immer schneidender und kälter.
Dann hörten sie plötzlich Stimmen vom Weg her. Im Schein einer Straßenlaterne war eine Gruppe Jungs zu erkennen, die gerade die Uferpromenade überquerte.
»He!«, schrie Dario.
Die Jungs blieben stehen. Dario ließ Andy los und stieg den Strand zur Straße hinauf.
»He!«, wiederholte er. »Ich habe einen Behinderten dabei, dem ist kalt, kann mir jemand helfen?«
Der blonde Kerl in der Mitte kam auf ihn zu. Er sah ihn an und zog ihm ein Büschel getrockneter Algen aus dem Haar: »Wie viel von dem Zeug hast du denn geraucht?«, sagte er.
Allgemeines Gelächter.
Dario sah ihn an. In jedem anderen Moment hätte er ihm einfach wortlos in die Fresse geschlagen. Stattdessen zischte er nur: »Du bist ein Idiot!«, und ging wieder hinunter zum Strand.
Andy zitterte immer noch. Er musste ihn von dort wegbringen, eine Bar suchen, irgendwas, wo sie Unterschlupf finden konnten.
Er lächelte Andy an. »Keine Sorge«, meinte er. »Wir werden uns gleich aufwärmen.«
Er packte ihn an Armen und Beinen und setzte ihn zurück in den Rollstuhl.
Als er die Hand zurückzog, merkte er, dass sie feucht war.
Andys Hose war durchnässt. Ein großer dunkler Fleck breitete sich unter seinem Gürtel aus.
»Oh verdammt …«, fluchte Dario wieder.
»Also, was ist los?«, fragte jemand. Der Blonde von eben tauchte hinter ihm auf.
Dario sah ihn an. »Er hat sich nass gemacht.«

»Wie jetzt?«
»Er hat sich die Hose nass gemacht.«
»Mit Pipi?«
»Nein, mit Zitronenlimo. Er hat sich vollgepinkelt, siehst du das nicht? Halt ihn mal fest, ich muss ihm das ausziehen.«
Während der andere Junge Andy aufrecht hielt, zog Dario ihm die Jeans aus, dann schlüpfte er aus seiner eigenen und friemelte Andy hinein.
»Und was machst du jetzt? Willst du in der Unterhose rumlaufen?«
»Ach egal, komm, hilf mir.«
Sie stemmten den Rollstuhl die Anhöhe hoch bis zum Straßenrand.
»Gehen wir zu mir«, sagte der Blonde. »Ich wohne gleich da hinten, nur zwei Minuten von hier.«
Sie gingen die Straße zurück, dann bogen sie in eine Einfahrt, gingen durch ein Tor und danach über einen Hof. Bretter, Eimer, Pfähle, Balken lagen überall herum. Und genau in der Mitte stand aufrecht wie ein Totempfahl in einem Indianerdorf ein alter Kühlschrank ohne Tür. Darin ein Terrakottatopf mit einer Blume.
Sie betraten das Haus.
»Warte hier«, sagte der Blonde zu Dario. Er verschwand hinter einer Tür, um kurz darauf mit einer Stange, an der man die nasse Kleidung aufhängen konnte, und einem Heizstrahler zurückzukommen. Er öffnete einen Schrank, holte eine rot karierte Decke heraus und hielt sie Dario hin. »Leg dir die über.«
So blieben sie eine Weile sitzen. Das rote Lämpchen des Heizstrahlers tauchte ihre Gesichter in ein seltsames rotes, warmes Licht, so ähnlich wie das künstliche Lagerfeuer in einer Weihnachtskrippe. Und um dieses Feuer saßen ein Josef mit einer Kleiderstange in der Hand, eine Maria in Unterhose und mitten zwischen ihnen ein Jesuskind in einem Rollstuhl, das vor Kälte schlotterte.

Ganz langsam erwärmte sich das Jesuskind. Und schlief in seiner Krippe ein.
Dario sah den Blonden an. Jetzt, da er ihn genauer betrachtete, schien er älter zu sein, als er zunächst angenommen hatte.
»Danke«, sagte er. »Ich schulde dir was.« Er reichte ihm die Hand. »Ich bin Dario.«
»Rak.«
Dario rümpfte ein wenig die Nase. »Hm, ich schulde dir trotzdem was.«

ELF

Die Nacht war schnell vorüber. Dario hatte sich neben Andy auf einer Matratze in der Mitte des Raumes hingelegt. Und war sofort eingeschlafen.

Draußen hatte der Wind weiter bis tief hinein in die Nacht geblasen und Wolken gejagt, die versuchten, ihm zu entkommen.

Als Dario aufwachte, schlief Andy noch. Auf dem Tisch stand eine Kanne Kaffee.

In dem Moment betrat Rak den Raum, er trug eine Plastiktüte in der Hand. »Na, das wurde aber auch Zeit. Du hast den ganzen Vormittag verpennt.«

»Wie spät ist es?«

»Was weiß ich, elf, zwölf. Oder so. Ich habe mich schon mal um deinen Freund gekümmert. Hab ihn zur Toilette gebracht. War gar nicht so leicht, er hat mir den Boden eingesaut.«

»Alles eine Frage der Übung.«

»Und ich habe seine Wunde gereinigt, die an der Hand. Aber ich glaube, da musst du was drauftun, eine Salbe oder so. Ein Stück die Straße runter ist eine Apotheke.«

Dario setzte sich aufs Sofa. Der Rollstuhl stand leer neben dem Couchtisch.

Auf dessen anderer Seite stand ein Stuhl, bei dem ein fehlendes Bein durch einen Bücherstapel ersetzt war. Direkt daneben eine schäbige kleine Kommode, einige Werkzeuge auf dem Boden verteilt, Umzugskartons und aufeinandergestapelte leere Schachteln unter dem Fenster.

Dario nahm die Kanne, goss sich Kaffee ein und trank einen Schluck.
»Also«, sagte Rak und setzte sich neben ihn. »Was ist das für eine Geschichte?«
»Welche Geschichte?«
»Deine. Was machst du hier?«
»Na, kann ich nicht einfach in Ferien sein?«
»Ohne einen Platz, wo du hinkannst? Sehr unwahrscheinlich.«
Dario musste lächeln. »Du hast recht.« Er trank noch einen Schluck Kaffee. »Keine Geschichte. Ich bin einfach nur ein Blödmann.«
»Warum? Was hast du getan?«
»Ich habe einen Idioten, der im Rollstuhl sitzt, entführt.«
»Klasse. Und warum?«
»Keine Ahnung.« Dario zuckte mit den Schultern. »Deshalb bin ich ja ein Blödmann.«
»Komm schon, man weiß doch, warum man so was tut.«
»Hm, nicht immer. Es gibt nicht immer einen bestimmten Grund.«
Rak grinste. »Doch, den gibt es.«
Dario breitete die Arme aus und zeigte auf den Raum um sie herum. »Weißt du etwa, warum du in diesem Chaos lebst?«
»Na klar. Ich hab einfach keine Lust, die Dinge zu beenden, die ich anfange. Das ist, als würde ich mir Wege verschließen. Ich brauche aber offene Wege, wo soll ich sonst hin, wenn ich das Gefühl habe, in der Falle zu sitzen?« Er sah Dario an. »Jeder Mensch braucht doch Wege, die ihm offenstehen.«
Dario stand auf, er ging zu Andy, beugte sich über ihn und wischte ihm das Kinn ab.
Draußen erhob sich der Wind und ließ eine Plastikplane im Takt gegen das Fenster schlagen.
»Also«, fragte Rak. »Ist er das?«
»Was?«, sagte Dario.
»Der Weg, der dir offensteht.«

ZWÖLF

Dario legte auf und sah mit leerem Blick aus dem Fenster. Die Worte des Direktors klangen noch in seinen Ohren ... *Komm zurück! Komm sofort zurück! Sonst droht dir die Jugendstrafanstalt!*

Dario wusste nicht genau, was diese Jugendstrafanstalt war, aber es klang nicht gerade nach einem Fünfsternehotel. Vielleicht war es ein Heim oder so etwas wie ein Knast. Bestimmt kein Ort, an dem man seine Sommerferien verbringen wollte.

Sein Handy klingelte erneut. Er schaltete es aus und steckte es ein. Draußen im Garten saßen Andy und Rak beisammen, zwei Gläser neben sich auf einem Sack Zement. Sie wirkten wie alte Freunde. Die sich unterhielten. Und einer Blume in einem Kühlschrank beim Wachsen zusahen.

Dario lächelte. Wer kam schon auf die Idee, eine Blume in einen Kühlschrank zu pflanzen? Doch da war diese Blume, und sie beklagte sich nicht. Sie wuchs einfach und beklagte sich nicht. War im Frieden. Mit allen. Und mit sich selbst.

Dario ließ sich auf die Matratze fallen, die noch immer in der Mitte des Raumes lag. Eine Matratze, ein kaputter Kühlschrank, eine Blume, die sich nicht beklagt, warum konnte nicht alles so einfach sein? Er wollte doch nur eins, in Frieden gelassen werden, vom Leben, von den anderen, von denen, die einem sagten, was man tun sollte. Warum konnte man nicht wie diese Blume sein, der ein kaputter Kühlschrank genügte, um ein Leben zu führen, in dem man seine Ruhe hatte? Eine Blume, die einfach ihr Blumenleben führte. Warum kann ein Mensch nicht sein Menschenleben führen, ohne dass sich ein anderer einmischt?

Er stand auf und ging in den Garten.

»Und?«, fragte Rak. »Was haben sie gesagt?«

»Wer?«

»Die Schule. Hast du nicht angerufen?«

»Ja, ja, hab ich gerade gemacht.«

»Also, was haben sie gesagt?«

»Nichts.« Rak sah ihn an. »Ich habe das Handy ausgestellt.«

Dario setzte sich neben Andy ins Gras, der die milde Sonne angluckste.

»Na ja, wenn du willst, kannst du bleiben«, sagte Rak. »Platz genug gibt es hier.« Dario antwortete nicht. »Außer du willst nach Hause zurück. Willst du nach Hause?«

Jenseits des Gartens erstreckte sich das Meer unter einem von Wolkenstreifen durchzogenen Himmel. Sonne, Wasser, Meer, Himmel. Und Wind, der den Salzgeruch überallhin trug.

Dario blinzelte. »Ist es weit nach Torre Saracena?«, fragte er.

»Nein, nicht sehr weit. Warum? Was ist denn in Torre Saracena?«

»Mein Vater. Glaube ich. Das heißt, bis vor zwei Jahren jedenfalls war er da.«

Dario stand auf, holte seine Geldbörse aus der Hosentasche.

»Siehst du?« Er zeigte Rak eine Postkarte.

Auf der Rückseite stand in einer nervös wirkenden, reichlich unleserlichen Schrift: *Ciao, mir geht es gut. Flora ist toll, sie hat grüne Haare, eines Tages wirst du sie kennenlernen. Papa*

»Der Poststempel ist von Torre Saracena.«

»Hat er dir die Karte geschickt?«

»Ich denke schon. Ich habe sie im Schrank meiner Mutter in einer Schublade gefunden.«

Rak sah sich die Karte an.

»Und Flora ist …«
»Die, mit der er jetzt zusammen ist, glaube ich.«
»Mit grünen Haaren.«
»Das ist doch kein Verbrechen.«
Andy war wieder eingeschlafen. Die Wunde auf seiner Hand verfärbte sich gelblich. Vielleicht brauchte er wirklich eine Salbe.
»Und warum willst du zu ihm?«
»Keine Ahnung, warum nicht? Wo ich schon mal hier bin. Also, wir haben uns seit neun Jahren nicht gesehen.«
»Oh, super. Ja. Du hast recht. Ich würde auch gern zu meinem Vater. Ja, das würde ich echt gern, aber das geht nicht.«
»Wohnt er sehr weit weg?«
»Ziemlich. Er ist vor einem Jahr gestorben.«
Dario sah Rak an. Er wirkte nicht wie einer, der unter dem Tod seines Vaters litt. Aber auch Dario wirkte nicht wie einer, der den eigenen Vater unbedingt besuchen wollte.
Rak stand auf. »Mein Vater«, sagte er. »Mein einziger verschlossener Weg.«
Danach ging er ins Haus zurück.

DREIZEHN

Andy wartete draußen vor der Tür.

Die Sonne stand bereits hoch über dem Meer. Am postkartenblauen Himmel kein einziges Wölkchen.

Dario packte die Griffe des Rollstuhls.

»Bereit, Andy?«

Er sah ihn an, dann schweifte sein Blick zurück durch das Zimmer. Auf dem Boden lag immer noch die Matratze, auf der sie geschlafen hatten, und die Decke, die neben dem Radiator gelandet war.

Andy verdrehte die Augen. Ihm tat es wahrscheinlich auch leid, dass sie dieses Haus verlassen mussten. *Müssen wir wirklich gehen?*, fragte er mit den Augen.

»Vielleicht kommen wir noch mal wieder.«

Andy lächelte.

»Eines Tages, hm? Was meinst du?«

Ja, eines Tages. So können wir sehen, ob aus der Blume ein Baum geworden ist.

Dario lachte. »So können wir sehen, ob aus der Blume ein Baum geworden ist.«

Sie gingen in den Garten.

Aus dem Schuppen hörte man Hammerschläge und das Geräusch eines laufenden Motors.

»Rak! Wir gehen jetzt. Ich wollte mich von dir verabschieden.«

Rak kam aus dem Schuppen.

»Schon?«

»Ja. Dann haben wir noch den ganzen Morgen. Also, vielen Dank für die Sachen, die du mir gegeben hast.«
»Ach, kein Problem.« Rak lächelte. »Außerdem musst du sie mir ja zurückgeben.« Im Schuppen knallte der Motor plötzlich laut. »Das ist nichts«, meinte Rak. »Nur was, an dem ich gerade arbeite. Oh Mann, ich bin vielleicht bescheuert!« Er schlug sich mit der Hand gegen die Stirn. »Das mach ich ja für dich, hätte ich jetzt glatt vergessen.«
Sie gingen in den Schuppen. Dort war ein Motor auf ein Fahrgestell montiert und lief knatternd zwischen den Stahlrohren, die ihn an seinem Platz hielten.
»Siehst du?«, fragte Rak.
»Was ist das?«
»Also, das ist ein Motor, den ich schon eine ganze Weile hier habe. Aber jetzt habe ich ein *Rakmobil* daraus gebaut.«
Dario zog fragend die Augenbrauen hoch.
»Na ja, so was wie ein *Batmobil* eben, aber das hier ist für Andy, das hängt man an seinem Rollstuhl ein. Hab ich mir gestern Abend ausgedacht, hab nur vergessen, es dir zu zeigen.«
Er holte ein zerknittertes Blatt Papier aus der Tasche. »Siehst du, ist ganz einfach. Es hat einen Lenker, der in dem Rahmen mit dem Motor steckt. Man schaltet mit den Griffen. Einen Wahnsinnsflitzer brauchst du jetzt nicht zu erwarten, aber na ja, er läuft. Ich hab auch noch einen Tritt gebaut, da kannst du dich draufstellen und lenken, wie ... keine Ahnung ... einen Roller oder so was. Ich bin fast fertig, dann montieren wir das Ganze an den Rollstuhl.«
Dario lachte. »Rak, ich weiß gar nicht, was ich sagen soll.«
»Dass ich ein Genie bin?«
»Dass du ein Genie bist.«
Dass du ein Genie bist, meinte Andy ebenfalls.

Als sie losfuhren, stand die Sonne immer noch hoch am Himmel. Das Rakmobil war ein Schmuckstück, ein funkelndes, perfektes Schmuckstück, das aussah, als käme es gerade frisch aus der Fabrik. Und nun glitt es über den Asphalt und brachte Dario und Andy in Richtung Felder.

VIERZEHN

Das Rakmobil fuhr, dass es eine wahre Freude war, geschmeidig und glatt, wie Öl. Ab und an gab es einen kleinen Knall, und Andy zuckte auf seinem Sitz zusammen. Er schien beinahe darauf zu warten und sich absichtlich zu erschrecken, denn jedes Mal, nachdem er zusammengezuckt war, prustete er los.

Die Luft war frisch und kühl, als wäre immer noch Frühling. Der ideale Tag, um loszufahren.

Auf der Karte, die Rak ihnen mitgegeben hatte, hatte Dario einen Zickzackkurs über Rad- und Wirtschaftswege eingezeichnet, der die großen Straßen umging.

Sie kamen an Wiesen, Bäumen, Kanälen, vereinzelten Häusern und gelben, roten, grünen Feldern vorbei.

Manchmal hoben die Bauern, die dort arbeiteten, den Kopf und blickten zu ihnen hin. Das Rakmobil knatterte an ihnen vorbei, folgte seinem Weg. Und Dario winkte ihnen zu. Manchmal grüßte jemand zurück, andere schauten ihnen einfach nach, wie die Zaungäste beim Giro d'Italia.

»Hallo«, rief Dario und winkte. Und Andy lachte.

Sie fuhren durch ein Dorf, ein paar niedrige Häuser auf einer Anhöhe. Ein Traktor kam gerade von einem Feld Mohnblumen. Er bog auf die Straße ein, fuhr erst auf sie zu und schließlich an Dario vorbei, der in die entgegengesetzte Richtung knatterte.

»Hallo«, sagte Dario.

Der Mann hob die Hand zum Gruß. Dann bog er wieder Richtung Felder ein und fuhr den Hügel hinauf.

Erst im letzten Moment bemerkte Dario, dass das Auto vor ihm abbremste. Er wich panisch zur Seite aus, lenkte dann wieder geradeaus und blickte beim Überholen aus dem Augenwinkel voller Sorge auf das eingeschaltete Blinklicht.

»Hey!«, schrie der Polizeibeamte.

Dario hielt an.

Der Mann stieg aus, kam zu ihnen, musterte ihn kurz.

»Wohin willst du?«, fragte er.

»Nach Hause, zu meinem Onkel«, erwiderte Dario. Er kratzte sich am Kopf. »Also das Haus gehört meinem Onkel, ich mache hier Ferien.«

Der Polizist betrachtete den Rollstuhl. Die Chromrohre funkelten in der Sonne.

»Deinem Onkel?«, wiederholte er.

»Meinem Onkel. Warum?«

»Und wer ist dein Onkel?«

Dario drehte sich um. Er sah, wie der Traktor langsam den Hügel hinaufkroch. »Dort, der da auf den Feldern, sehen Sie ihn nicht?« Er hob eine Hand. »Heyo!«, rief er laut. Der Bauer erwiderte den Gruß. Dario lächelte. »Mein Onkel«, sagte er zu dem Polizisten.

Dieser antwortete nicht. Er musterte wieder das Rakmobil, trat prüfend gegen einen Reifen. »Brauchst du für das Ding nicht einen Führerschein?«

»Einen Führerschein? Nein, aber das fragt mich jeder. Das ist schließlich ein Rollstuhl und kein Mofa.«

»Nun ja, aber es hat einen Verbrennungsmotor. Und so einen Rollstuhl habe ich noch nie gesehen.«

»Ein Rasenmäher hat auch einen Verbrennungsmotor. Braucht man für einen Rasenmäher denn einen Führerschein?«

Der Polizist hob eine Augenbraue. Er ging um den Rollstuhl herum, kratzte sich nachdenklich am Kopf.

Dario zuckte mit den Schultern. »Hören Sie, ich würde meinen Cousin doch nicht einfach so damit herumfahren, wenn man dafür einen Führerschein bräuchte. Ich bin schließlich nicht leichtfertig.« Er zögerte etwas, ehe er dieses Wort aussprach, denn er war sich nicht ganz sicher, was es eigentlich bedeutete. Aber es klang so schön nach »braver Junge«. »Fragen Sie doch meinen Onkel, wenn Sie mir nicht glauben«, fügte er hinzu und schaute wieder zum Hügel hin.
Der Polizist betrachtete Andy. Andy lächelte ihn an.
»In Ordnung«, sagte er schließlich. »Aber du solltest besser einen Helm aufsetzen.«
»Einen Helm?«
»Ja, und dein Cousin auch. Du bist immerhin auf einer öffentlichen Straße unterwegs.«
Dario erwiderte nichts.
»Und pass auf. Schau immer nach vorn.«
Pass besser selbst auf, dachte Dario. »Aber klar doch.«
Der Polizeibeamte stieg wieder in sein Auto. Er beugte sich noch mal zum Fenster raus, winkte und fuhr dann los.
Als er an dem Feld mit dem Traktor vorbeikam, verlangsamte er noch einmal seine Fahrt und schaute zu dem Mann hinüber, der inzwischen den Gipfel des Hügels erreicht hatte, dann fuhr er weiter und verschwand hinter einer Kurve.
Dario atmete auf, startete das Rakmobil, und weiter ging es.
Die ersten Häuser tauchten auf, sie kamen in ein Dorf, fuhren vorbei an einer Buchhandlung, einem Lebensmittelgeschäft. Dann schwang vor ihnen die grüne Leuchtreklame einer Apotheke in der warmen Luft hin und her. Dario fuhr an den Straßenrand und schaltete das Rakmobil aus.
Dingeling machte die Tür beim Öffnen.
»Guten Tag«, sagte die Frau hinter der Theke. »Was kann ich für dich tun?«

»Mein Cousin hat sich geschnitten. An der Hand.«

»Lass mich mal sehen.« Die Frau beugte sich vor, begutachtete den Schnitt. »Das ist dabei, sich zu entzünden, da brauchst du ein Antibiotikum. Wie ist das denn passiert?«

»Weiß ich nicht genau … Ein Nagel, eine scharfe Kante … Ich habe wirklich keine Ahnung.« Die Frau sah ihn an. »Ich hab meinen Cousin ja nicht den ganzen Tag im Blick.«

»Das solltest du aber vielleicht.« Die Frau drehte sich um und öffnete eine Schublade.

»Ich gebe dir eine Salbe«, sagte sie und stellte eine Tube auf den Tresen. »Die streichst du zweimal am Tag auf die Wunde, bis sie verheilt ist. Brauchst du noch etwas?«

»Nein, danke.« Dario schaute zu Andy. »Oh nein!«, rief er. »Nicht schon wieder!«

»Was ist los?«

»Er hat sich nass gemacht.«

»Wie meinst du das?«

Dario schnaubte und sah die Frau an. »Haben Sie vielleicht Windeln in Übergröße?«

FÜNFZEHN

Dario hatte nicht gewusst, dass es Windeln für Erwachsene gab. Offensichtlich war Andy nicht der Einzige, der so was brauchte. Warum hatte denn bis jetzt niemand daran gedacht? Nicht einmal Elisa, die doch sonst alles vorhersah, sogar wenn Andy bloß gähnte.

Trotz der Windeln brauchte Andy ein paar frische Sachen: saubere Unterwäsche und eine Hose zum Wechseln.

Dario fuhr die Straße weiter, den Hügel abwärts, dann am Lebensmittelgeschäft vorbei. Was hatte die Frau noch mal gesagt, unter der Brücke durch und dann links?

Das Einkaufszentrum tauchte wie ein gestrandetes Raumschiff mitten im Grünen vor ihnen auf. Es war groß. Riesig.

Drinnen nahmen sie die Rolltreppe, die nach oben führte, wobei Andy ständig mit dem Kopf hin und her wackelte, weil er mit den Augen das durch die Fenster gebrochene Sonnenlicht verfolgte.

»Onne ... Onne ... Onne«, wiederholte er. Und lachte und schaukelte auf seinem Rollstuhl.

Die Rolltreppe war zu Ende. Andy legte den Kopf in den Nacken.

»Onne!«, rief er und warf sich gegen die Lehne, dass der ganze Stuhl wackelte.

»Pass auf! So falle ich hin!«

»Onne!«

»Jetzt langt's aber! Was ist los?«

»Nomal!«

Dario starrte ihn an. »Du willst noch mal?«

»Nomal!«
»Du willst noch mal Rolltreppe fahren?«
Andy lachte und wiegte sich vor und zurück.
»Ach, was soll's, wir haben ja Zeit.«
Sie fuhren mit der Rolltreppe wieder nach unten.
Andy grinste übers ganze Gesicht, und Dario kam es so vor, als würde er mit Andy Karussell fahren.
Sie fuhren eine halbe Stunde lang auf dieser Rolltreppe rauf und runter, eine ganze Ewigkeit. Ein schönes Gefühl. Neu. Und beruhigend. Aber gleichzeitig fühlte es sich merkwürdig an, immer wieder das Gleiche zu tun, und irgendwann gibt es das, was man tut, gar nicht mehr, sondern bloß noch die Wiederholung, ein ununterbrochener Kreislauf, wie ein Mantra, ein Kindervers, ein Gutenachtlied, das einen einlullt und macht, dass man sich wohlfühlt.
In der Bekleidungsabteilung war weit und breit niemand zu sehen. Andy lachte, während Dario suchend durch die Gänge lief. Er wackelte mit dem Kopf wie diese Dackel, die man aufs Armaturenbrett im Auto stellt, und gurgelte, deutete auf etwas mit dem Kinn, und Dario blieb dann stehen und nahm T-Shirts von den Bügeln. Dann hielt er sie Andy vor die Brust, und der grinste und schnitt tausend Grimassen, um zu zeigen, ob ihm etwas gefiel oder nicht, zeigte es mit den Augen, dem Mund, der Zunge.
Die T-Shirts anzuprobieren gestaltete sich dann etwas schwieriger. Mit seinem Rollstuhl passte Andy nicht in die Kabine. Dario musste ihn mitten im Gang ausziehen, die Kabine diente bloß zum Aufhängen der Sachen.
Mach langsam, sagte Andy, während Dario ihm den Arm nach hinten verdrehte. Legte den Kopf in den Nacken, lachte und gab ihm zu verstehen: *Ich bin behindert und nicht etwa aus Gummi!*
Als sie endlich zum Ausgang fuhren, hatte Andy eine neue Jeans an, dazu ein extracooles T-Shirt mit einer Kobra vorne drauf und

neongrün gestreifte Socken. Auf dem Kopf trug er einen Fahrradhelm, weiß-rosa und eigentlich eine Nummer zu groß für ihn, aber den hatte er als Erstes anprobiert, und danach war es unmöglich gewesen, ihn davon zu überzeugen, einen anderen zu nehmen, er wollte den, also blieb es dabei.

Die Kassiererin schaute kurz zu Dario hoch. »Du musst alles auf den Tresen legen«, sagte sie Kaugummi kauend.

»Wie jetzt, auf den Tresen?«

»Alles, was du gekauft hast. Du musst das hier hochlegen, sonst kann ich es nicht in die Kasse einlesen.«

»Hält der auch den Rollstuhl aus?«

»Welchen Rollstuhl?«

»Haben Sie gesehen, dass mein Freund hier in einem Rollstuhl sitzt?«

Die Frau beugte sich vor. Betrachtete Andy. Schnaubte kurz. Nahm den Handscanner und kam um den Tresen herum. Schließlich kehrte sie an ihren Platz zurück. »Sechsundvierzig Euro fünfzig.«

»Sechsundvierzig ...«, rief Dario entsetzt. »Du kostest mich ein Vermögen«, sagte er zu Andy und suchte in seinen Taschen das Geld zusammen. Er bezahlte, sie verließen das Geschäft und fuhren weiter.

»Immerhin gab's Unterhosen als Zugabe«, sagte Dario, während sie wieder den Hügel hochfuhren. »Lass uns noch kurz warten, dann hole ich sie unter deinem Hintern raus.«

SECHZEHN

Andy hielt die Augen geschlossen und das Gesicht der Sonne entgegengereckt, die ganz hoch am Himmel stand. Und er lächelte, während er den Lauf der Straße mit den Augen verfolgte und den Kopf auf und ab bewegte, wobei der Helm über seiner Stirn tanzte.

»Du siehst aus wie einer dieser Rennfahreridioten«, hatte Dario zu ihm gesagt.

»... Ennfahe Diot«, hatte Andy wiederholt. Und sich mindestens drei Kilometer lang kaputtgelacht.

Und als Dario Andy ansah, wie er so dünn, zusammengekrümmt und klein in seinem Rollstuhl saß, dachte er, dass der nun wirklich nicht wie ein Idiot wirkte. Sondern vielmehr wie etwas Schönes. Mit der Schönheit ist es so eine Sache, jeder hat da seine eigene Vorstellung. Es kann eine Million Menschen geben, die sagen, etwas ist schön, während du es genau andersrum empfindest. Und umgekehrt.

Also Dario fand, dass Andy etwas Schönes war. Vielleicht, weil er so zerbrechlich war. Wie eine Glasfigur. Oder wie eine Blume. Wenn man es genauer betrachtete, wirkte Andy exakt wie die Blume, die Rak in seinem Kühlschrank versorgte. Und so gesehen hatte er viel mit dieser Blume gemein, beide waren zierlich, zart, beide eingeschlossen in eine kleine, geheime Welt aus Licht und Luft, weiter nichts, weil das ihr Schicksal war.

Wer hat denn gesagt, dass eine Blume dort bleiben muss, wo sie aus dem Boden gewachsen ist? Genügt nicht ein wenig Wasser und

Licht, um die Dinge wachsen zu lassen? Ein wenig Sonne? Und Sonne gibt es nun wirklich viel auf dieser Welt. Wer sagt also, dass eine Blume dazu bestimmt ist, dort zu bleiben, wo sie gerade ist?
Am Straßenrand tauchte jetzt eine Bar auf. Eine himmelblaue Tür unter einem gelben Schild.
Dario hielt und stellte das Rakmobil aus.
»Andy, wach auf, wir essen was.«
Beim Eintreten ging die Türglocke.
»Ciao, Jungs«, begrüßte sie der Mann hinter dem Tresen.
»Guten Tag. Haben Sie belegte Brötchen oder irgend so was?«
»Ja, ich hab welche mit Schinken und mit Käse.«
»In Ordnung.«
»Also welche?«
»Beides. Und Wasser.«
»Gut, setz dich hin. Ich bring sie dir.«
Dario lächelte und ging auf einen Tisch zu.
Lächle, hatte sein Vater ihm immer gesagt. Lächle, sagte er, wenn jemand fortgeht, sieh ihn an und lächle. Du wirst sehen, dass er sich an dich erinnert.
Mit seiner Mutter hatte das nicht funktioniert. Es hatte einen Monat gedauert, vielleicht sogar weniger, da hatte sie seinen Vater vergessen. Und sie hatte nie wieder, nicht ein einziges Mal von ihm gesprochen. Aber bei ihr wusste man nie, was sie eigentlich dachte. Sie war undurchschaubar. Wie eine Statue. Was auch immer geschah, ihre Miene blieb stets gleich, sie hatte nur diesen einen Gesichtsausdruck. Was ist das denn für eine Mutter, bei der man nicht begreift, was gerade in ihrem Kopf vorgeht? Das müsste eigentlich bei den Kindern so sein, nicht bei den Eltern. Eltern müssten dir immer zeigen, was sie denken, immer, sie sind doch die Eltern, du musst begreifen, was sie denken. Und selbst wenn es dir völlig egal ist, was sie denken, du weißt es, zumindest weißt du es

und weißt, dass dies die Dreh- und Angelpunkte in deinem Leben sind.
Aber vielleicht war seine Mutter ja auch nicht zum Muttersein geboren. Und wie es schien, auch nicht zur Ehefrau. Vielleicht war sein Vater auch aus diesem Grund fortgegangen.
Der Mann kam mit den belegten Brötchen und zwei Gläsern Wasser zurück. Er sagte etwas, aber Dario hörte es nicht. Er dachte an seine Mutter, im Zug, mit ihrer roten Handtasche, wenn sie alle gemeinsam nach San Vincenzo fuhren, mit Papa, der lächelnd aus dem Fenster sah. Und der jedes Mal, sobald der Zug im Bahnhof anhielt, aufstand, sich in die Tür des Eisenbahnwaggons stellte und den Leuten, die auf dem Bahnsteig warteten, zurief: »San Vincenzo! Darius der Große ist zurück!« Jedes Mal. Immer. Wie ein Ritual.
Darius den Großen gab es nicht mehr, und von San Vincenzo war nichts geblieben außer einem Holzkistchen, auf dem die Kirche und die Piazza des Ortes abgebildet waren und das in einem Schrank im Zimmer seiner Mutter aufbewahrt wurde. Dahinein legte sie Geld, das für die Einkäufe, aber eigentlich war es immer viel mehr, als fürs Einkaufen gebraucht wurde. Und das wusste Dario. Dieses Kistchen hatte ihm mehr als nur ein paar Zigaretten verschafft. Seine Mutter merkte nichts. Nein, sie merkte es nie. Vielleicht wusste sie nicht einmal, wie viel Geld sie dort hineingab, das konnte man zumindest denken, so wie die Scheine dort zusammengeknüllt reingeschmissen waren, als würden sie danach im Altpapier landen. Stattdessen landeten sie in Darios Taschen.
So wie gestern. Dario hatte sich den ganzen Inhalt des Kistchens in die Hosentasche gesteckt, als hätte er gewusst, ja, als hätte er geplant, dass er am nächsten Tag einen Zug nach Irgendwo nehmen würde. Das war eine hübsche Summe für einen Jungen, es reichte, um eine Weile weg zu sein, in Ruhe, weg von allem, der Schule, der

Welt, an einem x-beliebigen Ort, Hauptsache, nur nicht dort. Weg von dem ganzen Mist.

Dario sah Andy an, der still war wie immer. Er schien in seine eigenen Gedanken versunken. Die Lippen zusammengepresst, die Zunge hing ein Stück heraus, so wie wenn man sich auf eine Sache konzentriert.

»Oh«, sagte Dario. »Bist du schon wieder am Pinkeln?« Er grinste. »War schon gut so, dass wir die Windeln gekauft haben.«

Andy antwortete nicht. Er hielt den Blick starr auf den Tisch vor sich gerichtet.

»Willst du was essen? Welches möchtest du, das mit Käse?« Dario hielt ihm eines der Brötchen hin.

Dann bemerkte er Andys Hand, die rechte, die mit der Schnittwunde. Andy hatte sie von der Armlehne angehoben, bis zur Tischkante gestreckt und bewegte jetzt die Finger über die Tischdecke auf das Glas zu, indem er sie vorschob und wieder einzog.

»Warte, lass mal«, sagte Dario. »Ich helf dir schon.« Er packte das Glas und hob es hoch.

Dann zögerte er. Und stellte es wieder an seinen Platz.

Andy sah ihn an. Sah das Glas an. Und dann bewegte er wieder die Finger langsam vor und zurück. Er schob sie vor und zog sie ein mit kleinen, feinen Bewegungen, als wollte er so die Entfernung zwischen den Fingern und dem Glas überbrücken. Sie wirkten wie die Beinchen einer Krabbe, die versucht, einen unüberwindlichen Felsen hochzuklettern. Dann begann der Felsen sich zu bewegen, die Tischdecke warf Falten unter Andys Fingern, das Glas schwankte kurz und bewegte sich nun langsam auf ihn zu.

Dario lachte. Er musste an den Propheten und den Berg denken, von denen ihm jemand erzählt hatte. Er wusste zwar in dem Moment nicht, wer wer war, aber das spielte keine Rolle, beide bewegten sich jetzt.

Es dauerte geschlagene fünf Minuten, bevor der Prophet auf den Berg traf. Aber das tat er, und jetzt waren sie da, einer vor dem anderen, beide erschöpft.

»Warte«, sagte Dario. Er streckte sich vor und hob das Glas an. »Jetzt mach ich das.«

Andy entspannte sich, seufzte und ließ den Kopf nach hinten sinken.

»Wahnsinn«, sagte Dario. »Das hast du richtig gut gemacht. Siehst du, dass du das geschafft hast?« Und er führte das Glas an Andys Lippen.

Andy lächelte und machte Blasen auf der Wasseroberfläche. Ein Rinnsal lief ihm am Kinn hinunter.

Was hast du denn geglaubt?, sagte er. *Ich bin zwar behindert, aber kein Idiot.* Und er lachte wieder.

Dann aßen sie.

Sahen den Autos auf der Straße nach.

Und blieben dort sitzen, bis die Hitze in der Bar nicht mehr auszuhalten war.

SIEBZEHN

Salz, Wellen, das Geschrei von Möwen. Die Sonne stand tief und brannte unglaublich heiß auf die Uferpromenade herunter. Es schien, als war sie eigens herabgekommen, um den ganzen Küstenstreifen bis hin zur Landzunge zu umarmen. Auf der Promenade Männer, Frauen, Paare mit Kindern, ganze Grüppchen lärmender Jungs und Mädchen.
Dario kauerte auf einem der Felsen unmittelbar neben dem Schotterbett. Er schwitzte. Die angespannten Muskeln lauerten nur darauf loszusprinten. Ein herausforderndes, stolzes Lächeln lag auf seinen Lippen.
Er betrachtete den Vater neben sich, dessen gespreizte Finger auf dem Stein, den Rücken vorgebeugt wie ein echter Läufer. Er sah mehrmals zu ihm hinüber, suchte sich die eigene Position, indem er dessen Haltung nachahmte.
»Fertig«, sagte er schließlich.
»Sicher?«, fragte der Vater zurück, ohne sich zu ihm umzudrehen. »Dann auf drei ...«
Dario atmete einmal durch und sog diese von Salz und Energie geschwängerte Luft tief in sich ein. Seine Augen waren starr auf das Ziel gerichtet, die blau-weiße Bar am Ende des Schotterbetts.
»Eins ...«
Darius der Große. Darius der Läufer. Vielleicht war es ja genau das, was er werden wollte, ein Läufer. Laufen mochte er mehr als alles andere auf der Welt. Und er war schnell.
»Zwei ...«

Vielleicht würde er ja auch etwas anderes arbeiten, mit sieben hat man den Kopf voller unergründlicher Träume. Doch was auch immer er später mal werden würde, eins stand fest, Dario würde sein wie sein Vater, er würde der Große sein.

»Drei!«

Er schoss los wie ein Blitz, legte all seine Kraft in das Schwungbein.

Er sah sich nicht einmal um, ob sein Vater auch gestartet war.

Er rannte wie noch nie in seinem Leben, flog im Wind dahin, sprang von einem Felsen zum anderen, während sein Fuß mit gespreizten Zehen Halt auf dem Stein suchte.

Er hörte, wie die Stimme seiner Mutter sich in den Himmel erhob und sich dort mit den Stimmen der Möwen vereinte, die der Wind mit sich forttrug.

Dann flatterte da etwas, schoss direkt vor seinen Augen vorbei; er verlor den Halt, sein Knöchel verdrehte sich an einer Felskante, ein plötzlicher Fall nach vorn. Und dann ein schneidender Schmerz, den Unterarm rauf bis zum Handgelenk, ausgehend vom Ellenbogen, mit dem er auf den Felsen geprallt war.

Dario schrie nicht – ein Darius der Große schreit nicht.

Er rappelte sich wieder auf, blieb starr mit zu schmalen Schlitzen zusammengepressten Augen auf dem glitschigen Felsen stehen.

Sein Vater kam zu ihm. »Und? Alles gut?« Er beruhigte die Mutter mit einer Geste, die bedeuten sollte, alles gut, alles gut, unser Dario ist stark, unser Darius ist ein Großer. Und er legte seinen Arm um ihn, ein fester Griff wie von einem Ringer.

»Denk immer daran«, sagte er und sah vor sich hin. »Denk immer an heute. Du bist Darius der Große, und die Großen weinen nicht. Niemals, aus keinem Grund.«

Dario antwortete nicht. Er fühlte, wie der Arm die Muskeln in seiner Schulter schmerzhaft zusammenpresste, und wandte sich ab, während ihm heimlich eine Träne die Wange hinunterlief.

Dario wachte auf. Andy lag neben ihm und schlief. Er sah auf die Straße, die nur ein kleines Stück unterhalb verlief, und hinauf zu den Krähen, die krächzend am Himmel ihre Bahnen zogen. Er stand auf, schüttelte den Sand von der Hose und holte die Karte aus der Tasche.

Wie weit waren sie gefahren, seit sie von Rak aufgebrochen waren? Wie viele Kilometer, zehn, fünfzehn vielleicht? Er hatte gedacht, sie würden schneller vorankommen, aber das Rakmobil war schließlich immer noch ein Rollstuhl. Auf jeden Fall hatte weder er noch Andy es eilig. Ganz im Gegenteil, Dario zögerte Dinge gern hinaus, vor allem solche, die man ihm aufzwang. Ein Weg, wie die Welt etwas erträglicher wurde. Der ihm das Gefühl verschaffte, als könnte er die Dinge beherrschen, als wäre er allmächtig; etwas hinauszuzögern bedeutete so etwas, wie über das eigene Leben bestimmen zu können, als könnte man selbst entscheiden, ob man die Welt in Brand setzen sollte oder eben nicht.

Er beugte sich über Andy. Dessen Hosen waren unter dem Gürtel trocken. Dario grinste. Ja, die Idee mit den Windeln war genial. Sie mussten nur ab und zu gewechselt werden.

Dario zog Andy Schuhe und Jeans aus.

Doch dann riss er erschrocken den Mund auf. Unter der Hose war Andy rot wie eine Languste. Sollten die Windeln denn nicht die ganze Nässe aufsaugen? Waren sie nicht dazu da?

Er fuhr sich mit der Hand durch die Haare, warf die Jeans auf den Boden und drehte sich weg.

Nein, verdammt, Probleme konnte er nicht brauchen. Die hatte er doch zurückgelassen, in der Schule, zu Hause, in diesem Scheißort, aus dem er abgehauen war.

Er wandte sich wieder Andy zu, öffnete die Klettverschlüsse der Windel. Die Rötung hatte sich auch auf die Pobacken ausgebreitet. Na gut, dachte Dario, dann bleibst du eben so, scheißegal, ohne alles.

Das ist sogar viel besser, ohne Unterhose und Jeans, alles an der frischen Luft. Frische Luft tut gut.

Wie die Sonne.

Sie heilt.

Alles. An Körper und Seele.

Dario legte sich wieder hin und sah zu Andy hinüber. Er schlief noch. Jetzt hätte er sich gut eine Tüte drehen können.

Hätte. Aber nein, nicht gleich.

Dario stand auf, holte die Salbe aus der Plastiktüte von der Apotheke und bestrich die Wunde damit.

Jetzt schon. Jetzt war es Zeit für eine Tüte.

Ach, vielleicht doch nicht, er hatte keine Lust.

Er wollte nur eins, sich ausruhen.

Sich ausruhen. Genau.

Er legte sich auf die Wiese.

Und schloss die Augen.

ACHTZEHN

Manchmal braucht es nur den richtigen Moment oder den richtigen Tag oder eine günstige Sternenkonstellation, zum Beispiel Venus im Haus des Saturn. Und schlagartig kommt eine Erinnerung hoch, ganz plötzlich, wie eine Blume, die auf einmal mit ihrem Stängel dort emporwächst, wo eben noch nur Sand war.

Es kann überall passieren, auf jedem Breitengrad und jedem Menschen auf dieser Erde.

Dario. Auch Andy.

Ja, genau. Andy.

Ein Bus. Eine Straße. Eine Gruppe von Mitschülern, Mama, die seine Hand hielt, während man ihn mit dem Lift einlud. Die anderen waren schon an Bord, laute und aufgeregte Stimmen an diesem ersten Sonntag im Frühling. Der Ausflug stand seit Monaten fest auf dem Programm, und Andy war perfekt ausgestattet: neue Schuhe, Spiderman-T-Shirt, grüner Rucksack mit gelben Riemen. Fabiola lächelte ihm durch die Bustür zu. *Los, Andy, wir warten alle auf dich*, sagte sie und beugte sich zu ihm vor. *Ich komm schon*, antwortete Andy, *ich mach, so schnell ich kann*, doch dabei lehnte er sich mit dem Oberkörper schräg zur Seite, um das Einladen zu erschweren, und lachte.

Das Durcheinander, die Mitschüler, laute Stimmen, die lachten und schrien und die ihn normalerweise in Panik versetzten und ihn zwangen, lauter zu weinen, damit er sie nicht mehr hören musste, aber nicht jetzt, jetzt waren sie wie das Geschrei der Möwen, voller

Sonne, voller Wind, voller Energie. Voller *Andy, Andy, komm, los, mach schon.*
Straße, Wiese, Asphalt, Lichtspritzer durchs Seitenfenster. Und der Bus, der so schnell fuhr und Bäume und Häuser hinter sich ließ. Fabiola, die leise mit ihm sprach, leicht und heiter, weich wie Musik aus Wolle. Andy lachte und verdrehte die Augen und sah dem Wollfaden hinterher, der von der Musik abgespult wurde. Fabiola war toll, bei ihr fühlte er sich wohl, nur sie kriegte das hin. Die anderen im Zentrum hatten es auch drauf, aber Fabiola war etwas Besonderes.
Manchmal sprach Andy zu ihr, mit den Augen, so wie er es konnte, und redete auf seine stumme Art mit ihr. *Bist du meine feste Freundin?* Dann lachte Fabiola. *Na ja, eigentlich nicht,* antwortete sie ihm, *aber wenn du willst, können wir ja so tun.* Dann setzte sie sich neben ihn und hielt ihm die Wange hin. *Komm schon, Andy,* meinte sie und schloss die Augen, *gibst du mir kein Küsschen?* Andy schürzte dann die Lippen und drückte ihr einen Kuss auf die Wange, und dann fühlte er sich, als ob Fabiola wirklich seine feste Freundin wäre, und Andy war glücklich. Doch eines Tages kam sie zu ihm und sagte, dass das Zentrum geschlossen würde, man würde es dichtmachen, weil kein Geld mehr da sei. Und Andy begriff nichts und weinte, weil Fabiola irgendwohin verschwand und stattdessen eine andere Frau kam, das war dann nicht mehr Fabiola, sie hieß Elisa.
Aber Elisa war eine Null. Andy hatte das gleich am ersten Tag begriffen, als sie sich vorstellte. *Das hier muss Andy sein,* hatte sie gesagt und gelächelt, *das hier,* als ob sie mit jemand anderem sprach. *Na, wie geht es unserem kleinen Champion?* Sie hatte ihm nicht mal in die Augen gesehen, sondern nur dem Mann, der sie begleitete. Fabiola war anders, sie hatte ihm als Allererstes in die Augen gesehen, und Andy hatte sich sofort bei ihr zu Hause gefühlt.

Fabiola hatte große Augen. *Haaammm ...*, sagte sie lachend, *das ist, damit ich dich besser fressen kann.* Große, helle Augen. Die dich anschauten, und dann hast du dich darin verloren, und sie haben zu dir gesagt *Hier bist du zu Hause*, und sie haben dich begleitet, dich geführt. Manchmal hast du in Fabiolas Augen den Himmel gesehen, wie in einem Fenster, und wenn du genau hingeschaut hast, hast du auch dich selbst gesehen, dort im Himmel im Flug zwischen den Wolken wie ein Drachen.

Auch Elisa hatte helle Augen, aber darin konntest du gar nichts sehen, weder Himmel noch Wolken. Darin war rein gar nichts, da war eben nur Elisa und sonst nichts.

Andy lächelte. Der Bus bog auf die Hauptstraße ein. Die Piazza, die Kirche, weiß, riesig. Und die Sonne, die mit ihrem hellen Licht die Fassade erstrahlen ließ. Schön war es in Bergamo, das war die schönste Stadt der Welt. Na ja, Andy hatte zwar noch keine anderen Städte gesehen, aber er war sicher, dass Bergamo definitiv die schönste von allen war. *Èggamo*, rief er, *Èggamo schön.*

Der Bus hielt an. Die Kinder stiegen schreiend und lachend aus, eine Herde, ein bunter Vogelschwarm in Rosa, Blau, Grün, Rot. Andy wurde von einem zum anderen weitergereicht, und alle, alle schoben sie den Rollstuhl, und Andy spürte ihren fröhlichen, heißen Atem im Nacken, wie einen heiteren Wind.

Piazza, Gelächter, Schreie, Wind und über allem die warme, magische Berührung der Sonne.

»Andy ...«

Darios Stimme kam von weit her, wie durch einen Nebel zu ihm.

»Andy, wach auf, komm, wir wollen weiter.«

Andy öffnete die Augen.

Er sah Dario, der sich über ihn beugte. Er lächelte. Und öffnete den Mund.

»Èggamo«, sagte er.

»Èggamo?«, fragte Dario zurück. »Ich habe keine Ahnung, was Èggamo ist, aber es muss etwas Schönes sein.
»Èggamo schön.«
Dario lachte. »Na, wenn du meinst.«

NEUNZEHN

Für den Rest des Tages glitten sie über Straßen, Hügel und Ebenen dahin. Auf der Spur der Erinnerungen, die von Zeit zu Zeit ein Lächeln auf Andys Gesicht zauberten. Andy zuckte und verdrehte die Augen nach oben, blickte Dario mit seinen dunklen Augen an, die nie stillstanden.

»Was ist los?«, fragte Dario. Doch Andy grinste nur und schaute wieder nach vorn.

Straßen.

Hügel.

Ebenen.

Die Spur seiner Erinnerungen.

Dann wurde Dario langsamer. Ein gelb-schwarzes Schild am Straßenrand. »Sieht wie ein guter Platz zum Essen aus.«

Andy gurgelte und bewegte den Kopf auf und ab, wie ein Nicken.

»Warte hier«, sagte Dario und stellte das Rakmobil aus. »Und schalt die Diebstahlsicherung ein.«

Mit diesen Worten verschwand er hinter einer dunklen Holztür.

Andy betrachtete das Schild, die Tür und die Hauswand, auf der eine Kletterpflanze verschlungene Pfade zeichnete.

Auch im Zentrum gab es eine Kletterpflanze, die sich über zwei Stockwerke nach oben bis zum Dach rankte. Fabiola sagte, von dort könnte man bis zur Sonne klettern, und einige hätten es auch versucht, die wären dann aber runtergefallen, und deswegen hatte man eines Tages jemanden geholt, um die Pflanze abzuschneiden. Denn es war gefährlich, bis zur Sonne zu gelangen.

Andy wäre gern hochgeklettert, an der Mauer nach oben gelaufen wie eine Eidechse. Wenn er Beine gehabt hätte, also richtige Beine, dann hätte er es sofort versucht, klar, auf der Stelle, es wäre das Erste gewesen, was er gemacht hätte. Oder nein, vielleicht doch nicht, vielleicht wäre er als Erstes gerannt. Oder gesprungen. Ja, gesprungen. Erst schlagartig den Kontakt zur Welt verlieren und dann, *bums!*, mit den Füßen wieder auf der Erde landen. Du kannst nicht springen, wenn du im Rollstuhl sitzt. Du kannst damit rasen, wenn du willst, du kannst dich ganz schnell vorwärtsbewegen, Fabiola machte das manchmal und schubste Andy die abschüssige Straße runter. Aber springen – das ging nicht.
Plötzlich hörte man von drinnen jemanden wütend brüllen.
»Arschloch!«, schrie Dario, als er zur Tür herauskam.
Er lief rückwärts, stolpernd, als würde er gestoßen.
»Wen hast du da Arschloch genannt?«, fragte ein Mann und baute sich in der Tür auf. Er sah Dario an, dann Andy. Wedelte mit der Hand, als wollte er eine Fliege verscheuchen. »Hau ab, los!«, rief er. Dann verschwand er und zog die Tür hinter sich zu.
Dario zeigte ihm den Stinkefinger. Er hob einen Stein auf, pfefferte ihn gegen die Tür.
Was ist los?, fragte Andy.
»Komm, wir gehen«, erwiderte Dario.
Was ist denn passiert?
»Ach nichts, das war bloß ein Arschloch.«
»A-loch«, wiederholte Andy.
»Genau. Und hier essen wir nicht.«
»A-loch.«
Dario lachte. Er stieg aufs Rakmobil und fuhr los.
Es wurde allmählich dunkel.
Nirgendwo ein Ort zum Rasten, keine Bar, kein Gasthaus, das Nichts. Die Leere. Wüste.

Dann endlich ein Licht an der Straße. Ein Haus. Ein Fenster.

Dario hielt den Rollstuhl an.

An der Tür gab es keine Klingel. Er beugte sich vor, klopfte an die Scheibe.

»Wer ist da?«, fragte eine Frauenstimme.

»Entschuldigung, können Sie mir sagen, ob man hier irgendwo was essen kann?«

Die Frau kam ans Fenster.

Dario lächelte sie an.

»Was willst du?«, fragte sie und öffnete.

»Nur einen Platz, wo man was essen kann. Und schlafen vielleicht auch.«

Die Frau musterte ihn, streckte den Kopf vor, betrachtete Andy, runzelte die Stirn.

»Warum?«, fragte sie.

»Weil es Zeit zum Essen ist und dann auch zum Schlafen.«

»Und warum seid ihr nicht bei euch zu Hause?«

»Na ja, unser Zuhause ist noch ziemlich weit weg. Gibt es vielleicht irgend so was hier in der Nähe?«

»Wo weit weg?«

»Ziemlich weit.«

»Und wo wollt ihr hin?«

»Nach Torre Saracena.«

»Warum?«

Das ist ja wohl meine Sache, oder? »... zu meinem Vater. Der wohnt da. Also, gibt es hier ein Hotel, eine Pension, irgendwas?«

»Nein, keine Hotels.«

»Vielleicht Fremdenzimmer, keine Ahnung.«

»Keine Fremdenzimmer.«

»Aber irgendwas muss es doch geben. Wo schlafen denn die Leute, die hierherkommen?«

»Hier kommt keiner her.«
Was du nicht sagst, dachte Dario.
Die Frau machte eine Bewegung mit dem Kinn, als wollte sie ihnen so den Weg zeigen. »Da weiter hinten ist die Kirche. Versucht es beim Gemeindepfarrer.«
»Können wir bei dem übernachten?«
»Keine Ahnung. Aber ihr könnt es ja versuchen. Vorausgesetzt, ihr findet ihn.«
Dario schnaubte. Er sah auf die Straße, die sich in der Dunkelheit des Abends verlor. »Sie haben nicht vielleicht ein paar Cracker, Kekse, irgendwas, um den ärgsten Hunger zu stillen?«
»Ich habe Brot, aber das brauche ich für die Hühner.« Dario erwiderte nichts. Momentan wollte ihm nichts Freundliches einfallen. »Warte hier«, sagte die Frau. Und verschwand im Inneren des Hauses.
Dario setzte sich auf den Boden und lehnte sich gegen die Mauer. Irgendwo schlug eine Kirchturmuhr. Neun Uhr. In welchem beschissenen Kaff waren sie denn gelandet? Ein Auto fuhr vorbei, und die Scheinwerfer beleuchteten kurz einen Teil des Hügels.
»Na, hier können wir warten, bis es Nacht wird«, sagte Dario leise. Er stellte sich vor, dass die Frau Stunden später zurückkommen würde, mit einer weißen Haube auf dem Kopf wie die alte Frau bei Pinocchio, die in der Geschichte eigentlich eine Schnecke war.
Pinocchio, dachte Dario, was für eine absurde Geschichte. Ohne ein Wohin, ohne ein Warum. Der Kater, der Fuchs, die Grille, die dann ihr verdientes Ende fand, die Fee mit den abgefahrenen dunkelblauen Haaren, mal ganz abgesehen von dem Wal, wo man doch noch nie einen Wal gesehen hat, der ein Schiff im Ganzen verschlingt.
Und doch mochte Dario die Geschichte irgendwie. Vielleicht gerade weil sie so merkwürdig war. Ihr wohnte eine alte Schönheit

inne, wie Dingen aus alter Zeit. Spitze oder Stickereien oder so. Alte Dinge. Aber liebenswert.

Mama las ihm am Abend vor und am Sonntag auch mittags, während sie aßen. Papa beschwerte sich darüber, er fand das gar nicht gut, er sagte, dass Geschichten nur Unsinn wären und dass sie einem nicht halfen, das Leben zu meistern. Doch er ließ sie machen, und dann hörte auch er zu. Und manchmal bat er sie darum, ein Wort zu wiederholen, weil er es nicht richtig verstanden hatte.

Aber das war Vergangenheit. Eine Vergangenheit, die es nicht mehr gab.

Wie Papa.

Die Frau kam wieder. Keine Fühler wie bei einer Schnecke, keine Haube auf dem Kopf. Sie hielt eine Tüte in der Hand.

»Da, nimm. Ich hab auch ein bisschen Käse dazugepackt.«

»Danke«, erwiderte Dario.

»Da lang«, sagte die Frau und deutete mit dem Arm aus dem Fenster. »Versucht es beim Pfarrer.«

Und ohne noch etwas zu sagen, schloss sie das Fenster.

Dario band die Tüte an den Griff des Rollstuhls und schlug Andy auf die Schulter.

»Na, dann los, suchen wir diesen Pfarrer«, meinte er. »Und hoffen wir mal, dass wir nicht im Bauch von einem Wal enden. Oder an seinem Arsch.«

ZWANZIG

Den Pfarrer fanden sie nicht. Die Kirche allerdings schon, eher ein Kirchlein, spartanisch eingerichtet, mit wenigen Bänken und einem Altar, der mehr wie irgendein schäbiger Tisch aus einer Osteria wirkte.
Sie aßen dann das Brot und den Käse schweigend auf den Bänken, in dieser intensiven Stille, die heilige Orte erfüllt.
Dabei wurden sie die ganze Zeit von einem hölzernen Christus im Hintergrund der Kirche beobachtet, der lächeln musste, als der Geruch von Käse zusammen mit dem der Kerzen zu ihm drang.
Später machten sie es sich bequem, Dario legte sich auf eine Bank und kippte Andys Rollstuhl nach hinten, damit er nicht vom Sitz rutschte. Danach schliefen sie ein, zwischen Kerzen, dem Christus und der Nacht, die in den Morgen überging.

Leises Gemurmel weckte sie.
Dario öffnete ein Auge. Licht. Tag. Die raue Bank unter der Wange.
Die Alte aus Pinocchio stand vor ihm und sah ihn mit gerunzelter Stirn an.
Dario richtete sich auf, stieß mit dem Ellenbogen gegen das Holz und stöhnte auf.
»Psst«, zischte sie und wandte sich zur Kirchenmitte.
Durch das Portal strömten Menschen herein und verteilten sich zu beiden Seiten auf die Bänke. Hinten vor dem Altar bereitete der Pfarrer sich auf die Messe vor.
»Andy, wach auf … Wir müssen gehen.«

Dario drehte den Rollstuhl um und sauste an den Reihen entlang. Andy jammerte laut.
»Psst«, machte die Alte erneut.
Die Orgel begann zu spielen.
Dario lief durch das Kirchenschiff weiter zum Ausgang.
»Usik«, rief Andy.
»Ja, Musik«, sagte Dario. »Aber wir gehen jetzt.«
»Usik!«, wiederholte Andy begeistert.
»Psst«, zischte die Alte wieder.
»Usik!«, schrie Andy erneut und bäumte sich in seinem Rollstuhl auf. Die Leute drehten sich nach ihnen um. Der Pfarrer verharrte mit halb erhobenen Armen, das Kelchtuch in der Hand.
Andy wandte sich Dario zu, er sah ihn an und lächelte. Ein sanfter, tiefer Blick. »Usik ...«, flüsterte er.
Dario lächelte nun ebenfalls. »Okay«, sagte er. »Warum nicht?« Er drehte den Rollstuhl wieder um. »Okay. Dann ziehen wir uns eben das Konzert rein.«
Die Alte wandte sich wieder nach vorn. Der Pfarrer beendete endlich seine Vorbereitungen, und die Messe begann.
Dario und die Kirche waren nie Freunde gewesen. Er erinnerte sich immer noch an die letzte Messe, die er besucht hatte, und an das allgemeine Chaos, das ausgebrochen war, nachdem er eine Handvoll Knallerbsen in das Weihrauchgefäß geworfen hatte. Ach verdammt, na und? Er hatte der langweiligen Predigt etwas Schwung verliehen, und die Messdiener hatten sich weggeschmissen vor Lachen, während Don Claudio wie ein aufgescheuchtes Huhn hin und her hüpfte und dabei die Kerzenhalter umwarf. Doch außer den Messdienern hatte es niemand lustig gefunden. Dario wurde vor die Tür gesetzt und durfte die Kirche nicht mehr besuchen. Don Claudio besaß eindeutig keinen Sinn für Humor.
Als die Messe zu Ende war, verabschiedete der Pfarrer die Gläubigen.

Andy lächelte, *Danke*, sagte er zu Dario. »Ach, nichts zu danken«, erwiderte der.

Sie mischten sich auf den Kirchplatz unter die Leute, die in Grüppchen zusammenstanden. Einige gingen, andere blieben noch, starrten die beiden an und tuschelten leise miteinander.

»Au ja, wie wäre es denn damit, hast du Bock?«, fragte Dario. Er grinste. »Halt dich fest.«

Der Rollstuhl sauste haarscharf mitten durch die erste Gruppe. »Oooolé!«, schrie Dario und hob triumphierend den Arm. Die Gruppe glitt auseinander, verteilte sich, bildete sich etwas abseits neu. Dario wendete den Rollstuhl. »Oooolé!«, rief er erneut und fegte wieder los.

Und das Ballett der Leute begann von Neuem.

Der Rollstuhl fuhr vor und zurück, sauste durch die Grüppchen, die sich öffneten und gleich darauf wieder zusammenfanden. Wie beim Squaredance, bei dem die Paare auseinandertanzten und sich in der Mitte der Tanzfläche wieder trafen.

Schließlich hatten die Leute keine Lust mehr und gingen nach Hause.

»Oooolé!«, rief Dario, als alle verschwunden waren.

Andy lachte und warf den Kopf nach hinten. »Oooolé!«, wiederholte er laut.

Dario hob die Hand. »Gib mir fünf!«

Andy sah ihn an. *Jetzt übertreib mal nicht.*

EINUNDZWANZIG

Dario öffnete die Rucksacktasche und suchte. Beim letzten Mal hatte er es doch dort reingesteckt. Er konnte sich nicht einmal erinnern, wann das gewesen war, wann er das Handy zum letzten Mal benutzt hatte, es schien eine Ewigkeit her zu sein.

Schließlich fand er es zwischen einem benutzten Taschentuch und einer angebissenen Scheibe Brot.

Er schaltete es ein: *Pling, pling, pling, pling, pling, pling, pling* ... sechsundfünfzig Anrufe in Abwesenheit. Und das in knapp zwei Tagen. Nicht einmal der Staatspräsident bekam sechsundfünfzig Anrufe in knapp zwei Tagen, das bedeutete praktisch zwei Anrufe pro Stunde. Dario musste lächeln. Und ignorierte sie alle. Dann scrollte er auf dem Bildschirm nach den Musikdateien. Er holte noch neongrüne Kopfhörer aus der Rucksacktasche und setzte sie Andy auf.

»Da. Hör dir das mal an.« Und drückte auf Play.

Andy öffnete den Mund, zog die Augenbrauen hoch, er sah Dario an, der lachte, darauf lachte er auch und schwang vor und zurück im Rhythmus der Musik.

»Usik!«, rief er laut.

»Ja, aber nicht so ein Zeug wie in der Kirche. Das hier ist echte Musik.«

Dario startete den Motor, und schon ging es weiter.

Den ganzen Vormittag über fuhren sie die Straße entlang, die in Kurven den Hügeln folgte, Andy war vollkommen von der Musik gefangen. Den Helm schräg und tief in der Stirn und die neongrünen Kopfhörer auf den Ohren.
Dario mochte Musik. Aber er setzte sie nur ein, wenn es notwendig war. Die Stunden bei der Delfrati waren beispielsweise eine solche Notwendigkeit: Wie sollte man denn die Delfrati ohne Dröhnung in den Ohren ertragen? Das war ein Weg, mal den Stecker zu ziehen, für sich zu sein. Genau wie Gras. Musik war Gras im MP3-Format, Gras, das man mit den Ohren rauchte. Dario lachte, während er durch die Felder dahinglitt, er lachte bei der Vorstellung, dass auch Andy in diesem Moment so etwas wie Gras war, eine Möglichkeit, um den Stecker zu ziehen und eine Weile weit weg von allem zu sein, von der Schule, von jener Welt, die nicht Andy war.
Andy. Genau wie Gras. Andy, der lachte und keine Ahnung hatte, wie die reale Welt aussah, die da draußen, in der die anderen jeden Tag leben mussten. Diese Welt war nicht schön, das war Schlamm, ein Strom aus Schlamm, der einen mit sich fortriss, ohne dass man etwas dagegen tun konnte. Und während dieser Schlamm unaufhaltsam vorwärtsdrängte, drehte sich die Andy-Welt nur ein wenig darüber um ihre eigene Achse, so wie eine Sonne mit ihren Planeten. Und so einer Sonne mit ihren Planeten kann nichts etwas anhaben, nicht einmal dieser Strom, der unter ihr verläuft; sie ist ein unabhängiges, vollkommenes System, das stets im Gleichgewicht bleibt, weil sie sich nur um sich selbst dreht.
Ja, Dario beneidete Andy. Er hatte etwas Unsterbliches, so etwas Unantastbares, das nicht den Gesetzen der Menschen unterlag. Andy war ein Halbgott, halb Mensch und halb Rollstuhl, wie so ein Geschöpf aus der Mythologie, ein Zentaur. Wie sollte man so ein Mythenwesen nicht beneiden?

Oben auf einem Hügel legten sie eine Pause ein. Eine Häuserreihe zog sich knapp über die Kuppe, ganz oben erweiterte sich die Straße zu einem kleinen Platz, an dem eine Tankstelle lag.
Dario fuhr vor eine Zapfsäule und schaltete das Rakmobil aus.
»Verdammte Hacke«, sagte der Tankwart, als er näher kam. Er sah sich den Rollstuhl von oben bis unten an und wischte sich die Hände an seinem Overall ab. »Was is'n das?«
»Das ist ein Rollstuhl, sieht man doch, oder?«, entgegnete Dario.
Der Mann lachte laut. »Na ja, klar doch«, rief er aus. »Aber so einen hab ich ja noch nie gesehen. Läuft der mit Benzin?«
»Nein, ich bin nur hier, um etwas mit Ihnen zu plaudern.« Jetzt lachte der Mann nicht mehr. »Können Sie einmal mit Super volltanken?«, fragte Dario.
»Nein«, erwiderte der Mann. »Ich bin nur hier, um mit meinen Freunden Karten zu spielen.«
Dario schaute ihn genauer an. Das war ein guter Mann. So was sieht man den Leuten an den Augen an, an der Art, wie sie dich betrachten. Ihre Augen verraten einem eine ganze Menge. Vielleicht lassen sich die Leute, die etwas zu verbergen haben, deshalb lieber nicht in die Augen schauen.
»Okay, Entschuldigung«, sagte Dario. »Bekomme ich bitte etwas Superbenzin?«
Der Mann zog die Augenbrauen hoch, wandte sich ab und griff nach der Zapfpistole.
»Wo wollt ihr denn hin?«
»Nach Torre Saracena.«
»Ach, ist ganz hübsch da.«
»Keine Ahnung, es ist das erste Mal.«
»Wollt ihr dort zu Freunden?«
Dario sah zur Straße hin. »Zu meinem Vater, der wohnt dort. Das hier ist doch die 28, oder? Von hier geht es hinunter zum Meer?«

»Ja, immer nur geradeaus. Aber der Weg führt nur über die Staatsstraße. Bist du sicher, dass du dort mit dem Ding da fahren darfst?«
»Was für ein Ding?«
»Diesem Ding da.« Der Mann betrachtete den Motor, der unter dem Sitz hervorragte. »Was hat der denn für einen Hubraum, fünfzig, nein, nicht mal. Auf der Staatsstraße musst du mindestens hundertfünfundzwanzig haben. Hast du die Schilder nicht gesehen?«
»Gibt es vielleicht einen anderen Weg als die Staatsstraße?«
»Ja, schon, wenn man durch die Felder fährt.«
Dario sah hinaus auf die niedrigen Hügel vor sich. Die Straße führte eine Weile dort hindurch nach unten, ehe sie sich in einer weiten Ebene verlor, über der eine dichte Dunstglocke schwebte.
Der Mann hängte die Zapfpistole an ihren Platz zurück.
»Komm mit rein«, sagte er. »Ich zeig's dir.«

Dario fuhr mit dem Finger auf dem leeren Teller herum und sammelte die verbliebenen Krümel auf. Er hatte die Brötchen in Lichtgeschwindigkeit vertilgt. Wegen der Sache mit der Kirche und der Musik hatte weder Andy noch er etwas zwischen die Zähne bekommen.
»Hast du es jetzt kapiert?«, fragte der Mann und sah von der Karte hoch.
»Ja, hinter der Brücke ...«
»Nein, vor der Brücke, sonst sind es zehn Kilometer mehr.«
»Okay, also vor der Brücke. Nach rechts.«
»Nein, nach links! Verdammt, wie hast du es überhaupt hierher geschafft?«
In Wirklichkeit hörte Dario ihm nicht richtig zu. Er beobachtete Andy durch das Fenster des Tankstellenhäuschens, während der auf der Schaukel des ein wenig oberhalb gelegenen Spielplatzes vor und zurück schwang. Schaukeln für Rollstuhlfahrer, Dario hatte

nicht mal gewusst, dass es so etwas gab. Aber offensichtlich ging es dem Typen von der Tankstelle genauso. »Diese Schaukel ist mir die ganze Zeit ein wenig komisch vorgekommen«, hatte er gesagt.
Eigentlich hatte sie gar nichts Besonderes, sie war nur etwas größer als üblich und hatte vorn eine Klappe. Die konnte man als Rampe runterlassen, damit man mit dem Rollstuhl hochfahren konnte. Ganz einfach. Genial. Wer die entworfen hatte, hatte nichts erfinden müssen, weder einen Mechanismus noch irgendwelche Räder, die man betätigen muss. Er hatte nur ein wenig über den Tellerrand gucken, nur ein bisschen über die eigene Nasenspitze hinausdenken müssen.
Und jetzt saß Andy da auf dieser Schaukel wie in einem Raumschiff und holte Schwung, indem er den Oberkörper vor und zurück bewegte. Und sog den Wind durch den offenen Mund ein. Unabhängig und ganz auf sich gestellt. War mitten unter den Planeten seiner Andy-Welt.
»Was ist, hast du es jetzt kapiert?«
»Ja, hab ich, die Brücke, dann nach links und sechs oder sieben Kilometer immer geradeaus.« Er fuhr den Weg mit dem Finger auf der Landkarte entlang.
»Sechs oder sieben, aber nicht mehr.«
Da war es also. Torre Saracena. Ein kleiner Punkt auf der Karte. In Gedanken schien es so riesig, aber dann war es nur ein kleiner Punkt wie alle anderen, nein, sogar kleiner als die anderen, da es sich offensichtlich um ein Kaff handelte. Seltsam, wie sich Dinge ändern, wenn man sie erst kennt.
Der Mann von der Tankstelle stand auf, öffnete den Kühlschrank und holte ein Bier heraus.
Er sah aus dem Fenster. Schüttelte den Kopf. »Was hat er denn?«, fragte er und zeigte auf Andy, der in der Sonne schaukelte.
»Wer?«

»Na, dein Freund. Was hat er, ist er zurückgeblieben?«
»Nein, warum?«
»Also, versteht er? Ich meine, versteht er so alles?«
»Na klar tut er das. Der ist doch kein Idiot.«
»Kann sein«, sagte der Mann grinsend. »Ich hab so einen noch nie aus der Nähe gesehen. Einen von denen, meine ich. Das ist das erste Mal.«
»Von denen? Wen meinen Sie denn?«, fragte Dario.
»Herrje, die eben, so welche wie er, wie nennt man die noch …«
Behinderte? Hast du nach diesem Wort gesucht? Missgeburten? Freaks? Aber im Grunde ist das nicht mal deine Schuld. Vor hundert Jahren stellte man diese »Abnormitäten« im Zirkus aus, zusammen mit Raubtieren und seltenen Tieren. Man nannte sie lebende Kuriositäten.
»Wie der sich wohl selbst fühlt«, murmelte der Mann und grinste immer noch. Er trank einen Schluck. »Wer weiß, ob solche wie er merken, dass sie so sind.«
»Wer weiß das schon. Merkt ein Dummkopf eigentlich, dass er einer ist?«
Jetzt grinste der Mann nicht mehr. Er sah Dario an. »Gut, du hast jetzt kapiert, wo du langmusst, oder?«
Er ging zur Tür und trat hinaus auf den Vorplatz. »Entschuldige, aber da ist ein Kunde. Bleib ruhig hier. Wenn dein Freund so viel Spaß hat.«

Die Luft in dem Tankstellenhäuschen war warm. Es roch nach belegtem Brötchen mit Schinken.
Dario liebte die Wärme, sie fühlte sich an wie eine Umarmung, die dich einhüllt und sich auf deine Haut legt. Mit der Wärme lösen sich auch die Gedanken auf, sie werden leichter, und der Wind trägt sie mit sich fort.

Die Gedanken. Papa sagte immer: *Denk nicht nach, Dario, Gedanken machen nur den Kopf schwer*. Doch das konnte er nicht, er konnte diese Gedanken nicht aufhalten, die sich in ihm anhäuften wie Blätter bei Regen im Gully. Und er befürchtete, dass sie ihn eines Tages noch erdrücken und die Nachbarn ihn dann tot auf dem Boden finden würden. Und niemand würde sagen können, woran er gestorben war, da der einzige Mensch, der die Antwort kannte, sich schon vor Jahren davongemacht hatte, und zwar an einen Ort jenseits aller Gedanken namens Torre Saracena.

Inzwischen fuhren in der Andy-Welt die Planeten weiter mit ihrer Revolution fort und umkreisten seelenruhig ihre Sonne.

Von der anderen Seite des Spielplatzes näherte sich ein kleines Mädchen, das Steine aufsammelte. Es klaubte sie auf und verstaute sie in einem kleinen Rucksack und ging mal hier, mal dorthin.

Ab und zu schaute sie zu Andy hinüber. Sie war schon sehr auf ihre Suche konzentriert, aber manchmal flitzten die Augen zur Schaukel.

Schließlich hängte sie sich den Rucksack um und ging auf Andy zu.

»Hallo«, sagte sie und blieb vor ihm stehen.

Andy sah sie an.

Und das Mädchen sah ihn an.

»Kannst du nicht sprechen?«, fragte sie. Andy lächelte nur. »Ich verstehe, du bist ein bisschen schüchtern. Also, ich bin Isa, Isa für Isabella. Und du bist …«

Andy lächelte weiter.

»Und du bist …«, wiederholte Isa ihre Frage.

»…edi«, sagte Andy und beugte sich vor.

»Edi. Klingt nett. Edi für …?«

»…edi«, wiederholte Andy.

»Edi für Edi. Okay. Ein schöner Name. Ein bisschen komisch, aber ein schöner Name.« Sie kicherte. »Wie Eddie Munster. Kennst du die Munsters?«

Andy schwieg.
Isa lächelte ihn an. »Weißt du, was ich da mache? Ich suche Edelsteine.« Das Mädchen sah sich um, beugte sich hinunter und hob einen Stein auf. »Sag es keinem weiter, aber auf diesem Spielplatz gibt es unglaublich viele.«
Andy sah hinunter auf den Boden. Die Schaukel bewegte sich jetzt fast nicht mehr.
»Oh ja, ich weiß schon, was du mir sagen willst. Dass der hier nur ein ganz normaler Stein ist. Aber das stimmt nicht. Ich kenne nämlich einen Trick, ich kann ihn in etwas verwandeln, das wertvoller als ein Diamant ist.«
Das Mädchen öffnete die Klappe der Schaukel und kam zu ihm hinein.
Sie reckte den Arm mit dem Stein hoch in die Luft. »Sieh ihn dir genau an«, sagte sie. »Was glaubst du, wonach sieht der aus?«
Sie drehte den Stein zwei oder drei Mal zwischen ihren Fingern. »Könnte das … ein Kaninchen sein? Nein … ein Frosch?«
Andy schüttelte den Kopf.
»Nein, nein, du hast recht. Vielleicht … eine Katze?«
Andy lächelte.
»Ja, genau, eine Katze. Der sieht aus wie eine Katze aus Aristocats.«
Das Mädchen legte den Stein ab und holte einen schwarzen Wachsmalstift aus ihrem kleinen Rucksack.
»Und jetzt zaubere ich«, sagte sie. »Pass genau auf! Ich fange hier an, das werden dann die Augen. Siehst du? Ich zeichne zwei Kreise, und schon werden daraus Katzenaugen. Dann zaubere ich eine Katzennase, die Katzenschnurrhaare. Die Katzenohren …«
Sie hörte auf und zeigte Andy den Stein.
»…atze«, sagte der.
»Genau. Jetzt sieht er wirklich wie eine Katze aus. Aber halt, ich bin noch nicht fertig.«

Sie holte andere Wachsmalstifte aus dem Rucksack hervor.
»Welche Farbe hat unsere Katze? Ist sie für dich ... eine schwarze Katze? Nein, Schwarz ist zu dunkel, Schwarz mag ich nicht. Und wie wäre es mit einer orangefarbenen Katze? Nein, das ist zu seltsam und zu grell, eine grelle Katze würde ich nicht mögen ... Oder eine blaue Katze? Ja, eine blaue Katze, bist du einverstanden? Hast du schon mal eine blaue Katze gesehen?«
Andy schüttelte den Kopf.
»Ich auch nicht. Und deshalb ist sie genau richtig. Wir werden die Ersten sein, die eine blaue Katze machen.« Das Mädchen malte lächelnd die Katze mit dem blauen Wachsmalstift aus.
»Eine blaue Katze ist schön. Die ist vornehm. Elegant. Eine aus der vornehmen Gesellschaft.«
Andy lachte und warf den Kopf hin und her, worauf die Schaukel wieder Schwung bekam.
»Du musst aber still sitzen, sonst wird es eine Tänzerkatze. Willst du etwa eine Tänzerkatze machen?«
Andy schüttelte den Kopf. Er bewegte sich nicht mehr.
»Nein, genau, also ich auch nicht. Eine blaue Katze ist viel schöner.« Und sie malte den Stein weiter aus.
Andy beugte sich aus dem Rollstuhl vor, um besser sehen zu können. Er betrachtete ihre Wangen, schnupperte an ihren Haaren. Sie rochen nach frischem Grün, so wie im Garten des Zentrums, wenn Bäume und Hecken geschnitten wurden. Fabiolas Haare hatten auch nach frischem Grün gerochen. Wie Haare, die im Frühling sprießen.
»Was machst du da?«, fragte Isa. Andy antwortete nicht. Und sie ließ ihn gewähren. Isa roch gut. Wie die Welt morgens, wenn die Sonne gerade aufgehen will, aber noch nicht so ganz wach ist.
»Fertig«, sagte sie. »Schau mal, sieht das nicht wunderschön aus? Ist das nicht eine wunderschöne und feine Aristocat?« Sie hob den

Stein hoch über ihren Kopf. Jetzt wirkte er gar nicht mehr wie ein Stein, das war eine Katze, eine wunderschöne blaue Katze, wertvoller als ein Diamant.
Andy gluckste.
»Wenn du willst, schenke ich sie dir«, sagte Isa. »Dann kannst du sie so oft angucken, wie du willst.«
Sie hielt ihm den Stein hin und verharrte so mit ausgestreckter Hand, während sie darauf wartete, dass Andy ihn nahm.
Andy bewegte ganz langsam den Arm. Er streckte ihn über die Armlehne hinaus, drehte das Handgelenk, entfaltete in Zeitlupentempo die Finger. Und dann öffnete er die Hand mit der Innenfläche nach oben.
Isa lächelte. »Halt ihn fest, ja, sonst fällt er dir runter«, sagte sie. »Jetzt muss ich aber los, Zeit zum Mittagessen. Ciao, Edi«, meinte sie lächelnd. »War mir eine Freude, dich kennenzulernen.« Sie küsste ihn auf die Wange. »Sieh dir ab und zu die blaue Katze an, das wird so sein, als würden wir uns wiedersehen.«
Das Mädchen sprang von der Schaukel und rannte davon.

ZWEIUNDZWANZIG

»Also verrätst du mir jetzt, worüber ihr gesprochen habt?«, fragte Dario, während er den Motor des Rakmobils startete.

Andy lächelte nur. *Was geht dich das an, das ist unsere Sache.*

»Du bist schon einer, der bei Mädels landen kann, was?«

Hast du etwa geglaubt, ich bin nur ein Stängel Sellerie?

Die Straße verlief nun abschüssig zur Ebene hin, die dann bis zum Meer führte. Eine leichte frische Brise trug den Salzgeruch bis hierher.

»Sie hat dir sogar was gegeben. Was ist es? Ein Geschenk?«

Andy hob den Kopf. *Ja, das ist ein Geschenk, aber das geht dich nichts an.*

»Komm, jetzt stell dich nicht so an. Wir sind doch Freunde, oder?« Dario versuchte, etwas in der fest geballten Faust zu erkennen. »Ist es was Blaues? Ich sehe da Blau. Komm, jetzt sag schon, was es ist.«

Andy ließ den Kopf wieder sinken und starrte still vor sich.

Ganz hinten am Horizont lösten sich die Konturen der Ebene in dem bläulichen Dunst des schmalen Himmelsstreifens auf.

»Weißt du, was meine Mutter sagt? Blau ist die Farbe der Ruhe. Das heißt, wenn du Blau magst, bist du ein ruhiger Typ.« Dario schüttelte den Kopf. »Ich halte das für Blödsinn. In Englisch zum Beispiel bedeutet *blue*, das Wort für blau, gleichzeitig auch traurig. Heißt das dann etwa, wenn du Engländer bist und Blau magst, dass du ein ruhiger, trauriger Typ bist?«

Dario ließ den Blick die Straße entlang und dann über die dünne Meereslinie am Horizont schweifen.

»Weißt du, was Blau für mich bedeutet?«, sagte er schließlich. »Das ist die Farbe für etwas, das du nicht erreichen kannst. Nimm zum Beispiel den Himmel. Der Himmel ist blau, und kannst du den etwa erreichen? Das Meer ist auch blau, aber auch das kannst du nicht wirklich erreichen, denn wenn du dort hinkommst, merkst du, dass das Blau nicht dort ist, sondern weiter hinten, es ist irgendwo vor dir, weit weg von der Stelle, an der du stehst.« Er machte eine ausholende Geste mit einer Hand. »Genau das ist Blau. Die Farbe von etwas, das immer weiter weg ist als das, was du erreichen kannst.«

Er bremste ab. Der Motor wurde langsamer.

Andy war wieder in die Musik versunken und ließ sich herumfahren, ganz ruhig, mit einem Lächeln im Gesicht, obwohl er nicht einmal wusste, wo es hinging.

Und Dario? Wusste Dario, wo es hinging? Nach Torre Saracena? Ein unbestimmter Ort irgendwo da hinten in dieser Ebene, eingehüllt in einen Dunst, der die Farbe von Dingen hatte, die nicht zu erreichen waren?

Aber diesmal hatte er entschieden, endlich einmal hatte er selbst etwas entschieden. Endlich einmal hatte er sich gegen alle durchgesetzt, und jetzt war er frei und konnte selbst über sein Leben bestimmen. Der Stärkere siegt, und der Schwächere muss sich zurückziehen und das Rudel verlassen: So läuft das im Tierreich. Und warum war er dann gegangen, während alle anderen geblieben waren?

Dario sah hinauf zur Sonne, die oben am Himmel in ihrer üblichen, friedvollen Gleichmütigkeit strahlte.

»Weißt du, was die Wahrheit ist, Andy?«, fragte er. »Die absolute Wahrheit? Ein Haufen gequirlter Blödsinn. Genau, das ist die Wahrheit.« Seine Stimme wurde lauter. »Das Blau, der Himmel, die Sonne sind nur ein Haufen Blödsinn! Wenn das nicht so ist, kannst du

mir dann mal verraten, was wir hier eigentlich auf diesem beknackten Rollstuhl mitten in dieser beknackten Ebene machen?«
Er breitete die Arme aus, dabei ließ er den Gashebel los. Der Rollstuhl machte einen Satz nach vorn, und der Motor stellte sich ab.
»Leck mich doch!!!«, schrie er den Himmel an, die Sonne, das Meer, schrie er Andy an, Torre Saracena, alles, was um ihn herum war.
Seine Stimme hallte an den Hügeln wider und kam rau und gebrochen zurück, verklang wie ein Schluchzen. Von der Ebene aus antwortete ihm ein Vogel.
Mit zusammengekniffenen Augen lauschte Dario der Welt, die wenigstens einen Moment lang gezwungen gewesen war, ihm zuzuhören. Er spürte, wie Tränen von innen gegen seine Lider drückten, aber er war Darius der Große, und die Großen weinen nicht. Doch die Tränen scherten sich nicht um diese Regel. Und sprudelten heraus wie Quellwasser.
Inzwischen war rundum wieder Stille eingekehrt. Das Echo seines Schreis hatte sich im Nu aufgelöst, als hätte es ihn nie gegeben. Dario stand da, stumm, mit dem Rücken zum Rollstuhl, den Körper auf einen Griff gestützt.
Man hörte keinen Ton. Nichts. Nicht einmal das Rauschen des Windes.
Nur ganz von fern, kaum wahrnehmbar, war da ein dumpfes Klopfen, das Echo einer Kirchenglocke hinten am Horizont, der Herzschlag eines Vogels, der sich in irgendeinem Baum verbarg.
Dario öffnet die Augen wieder und drehte sich um.
Andy schlug mit dem Rücken der Hand, die den Stein fest umklammerte, gegen den Rollstuhl.
Er holte Schwung mit dem Arm, streckte ihn nach hinten und öffnete die Finger.
Dario spürte, wie der Stein in seine Hand glitt, er spürte ihn fest, schwer und glatt; er spürte das Blau, ein sattes, präsentes Blau, ein

Blau, das hier war, das sich nicht entzog, ein echtes, wahrhaftiges Blau. Ein Blau, das man anfassen konnte.

Er wischte sich die Wangen ab.

Zog den Rotz hoch.

»Wow!« Mehr brachte er nicht heraus.

DREIUNDZWANZIG

Es dauerte etwas, ehe sie sich wieder auf den Weg machten. Dario hatte sich auf die sonnenaufgeladene Wiese neben der Straße fallen lassen, und Andy lag neben ihm, auf dem Gras ohne den Rollstuhl, der Rollstuhl kann uns jetzt mal kreuzweise. Komm schon, Andy, der Rollstuhl kann uns mal, nur für eine Weile, du sollst auch mal ein bisschen echte Welt unter deinem runzligen Arsch spüren. Spür die Erde, nimm ihren Geruch wahr, spür das Gras in deinen gespreizten Fingern und die warme, volle Berührung, gelb wie die Sonne.

Du spürst sie doch, Andy, oder? Spürst du die Sonne zwischen den Fingern?

Dario hatte inzwischen das Plastiktütchen rausgeholt. Seit zwei Tagen hatte er kein Gras mehr angerührt.

Er öffnete es, nahm eine Prise raus, rollte sie in ein Blättchen.

Und spürte sofort, wie sein Körper ganz leicht wurde.

Er inhalierte. Fing an zu schweben. Und stieg mit dem süßlichen Grasrauch nach oben, weich, ganz leicht in die Höhe.

Das Zeug ist nichts für Kinder, sagte sein Vater immer zu ihm, *Gras ist nichts für Kinder*. Er erklärte ihm aber nicht, warum, erklärte ihm nichts, das brauchte er nicht, eine Ohrfeige mit der flachen Hand genügte, wenn es nötig war.

Und Dario hatte sich vorgestellt, dass er eines Tages dieses Gras für sich erobern könnte, dieses Etwas, das die Menschen groß, wahrhaftig, unbesiegbar wirken lässt. Vielleicht hatte er deswegen angefangen, Gras zu rauchen. Um sich wirklich als der Große zu fühlen.

Wenn ein Vater nicht mehr da ist, wer bleibt dann noch, um zu Hause der Große zu sein?
Er öffnete den Mund. Ließ den Rauch langsam in die Luft aufsteigen, behielt ihn dabei noch kurz im offenen Mund zurück. Lass ihn gehen, Dario, lass den Rauch gehen. Wenn er aufsteigen will, dann lass ihn doch gehen, wohin er will. Es hörte sich an wie sein Vater. Lass ihn gehen.
Papa?
Ja, Dario?
Bist du das?
Ja, Dario.
Der Rauch wurde dicht, weiß und vermischte sich mit dem Wind.
Papa?
Der Wind blies heftig und trug den Rauch zu ihm zurück, wieder zurück in seine Kehle.
Dario hustete. Er musste ausspucken. Hustete wieder.
Kniete sich hin.
Andy rührte sich nicht. Er schlief sanft und selig wie ein Baby in der Wiege. Nichts konnte ihn aus seiner Andy-Welt vertreiben.
Kriegst du das mit, Andy, fragte Dario sich, kriegst du eigentlich mit, was um dich herum passiert?
Andy grinste.
Sicher kriege ich das mit, aber was ändert das für dich, jetzt, wo du es weißt? Lass mich schlafen, ich will schlafen, denn wenn ich schlafe, erinnere ich mich wieder. Ich erinnere mich an den Rasen und an das Gras im Garten des Zentrums. Und an Fabiola, wie sie mir sanft mit Blättern über die Stirn streicht.
Was machst du da, Fabiola?
Gefällt dir das nicht?
Sehr sogar. Hast du dir das ausgedacht?
Ja.

Und wie hast du das gemacht?
Ich habe zwei schöne Dinge zusammengebracht.
Und welche?
Blätter und Andy.
Und während er sich dem Streicheln dieser grünen Finger überließ, dachte Andy, dass die Menschen für schöne Dinge geschaffen waren. Sie waren dafür gemacht, sie zu berühren, wie alle Dinge, die berührt werden müssen, damit man sie kennenlernen kann. Und wenn Andy dies nicht mit den Händen tun konnte, dann eben mit den Augen. Mit den Augen berühren. Denn auch diese gehören zu den schönen Dingen.
Mit den Augen berühren, das kann nicht jeder. Dazu braucht man Zeit, Geduld und einen starken Willen. Aber Andy besaß all das, und inzwischen war er geübt darin, mit den Augen zu berühren. Mit ihnen zu berühren, streifen, streicheln, kuscheln, küssen; aber auch zu schlagen, verprügeln, verletzen, jemanden zu Hackfleisch verarbeiten, es war unglaublich, was Andy alles mit seinen Augen anstellen konnte.
Aber Andy war eben Andy, ein Halbgott, ein Mythenwesen.
»Bringst du mir das bei?«, fragte Fabiola manchmal.
Na klar, sagte Andy, Er sah sie an und gab ihr Unterricht.

Es war schon spät, als sie sich wieder auf den Weg machten. Die Ebene lag inzwischen nah vor ihnen, und die Straße führte sanft abschüssig zum Meer. Gerade Baumreihen säumten die Landstraße, hin und wieder gab eine Lücke den Blick frei auf niedrige weiße Häuser mit Umfassungsmauern und videoüberwachten Toren.
»Hmm«, meinte Dario. »Da würde ich mich auch wohlfühlen, und du?«
Andy lächelte. *Hast du das da gesehen?*, sagte er. *Das da hinten, das mit dem Flachdach?*

»Nicht schlecht. Und was ist mit dem? Das hat sogar einen Pool.«
Hübsch. Wenn ich mal groß bin, werde ich so ein Haus haben.
»Gefällt es dir? Willst du es mal anprobieren?«
Wie meinst du das – anprobieren? Das ist doch kein T-Shirt.
»Häuser muss man anprobieren, ehe man dort einzieht, wie soll man denn sonst wissen, ob man sich darin wohlfühlt?«
Andy lachte. *Hältst du mich für bescheuert?*
»Glaubst du mir nicht?«
Nein.
»Na schön. Dann pass mal gut auf.«
Dario hielt den Rollstuhl an. Er legte den Rückwärtsgang ein, fuhr zu der Villa zurück und blieb vor dem Tor stehen.
Hinter dem Tor parkte eine Reihe Autos an einem Kiesweg, der auf einen Vorplatz führte. Dort standen etliche junge Leute, lehnten an den Autos und unterhielten sich. Aus dem Haus hörte man rhythmische Bassklänge.
»Was willst du?«, fragte ein Mann, der plötzlich hinter dem Tor aufgetaucht war.
»Hey!«, rief Dario. »Hast du mich jetzt erschreckt!«
Der Mann reagierte nicht. »Was willst du?« Schwarzes Hemd, schwarze Krawatte, Sonnenbrille. Er sah aus wie einer von den Men in Black. Aber nicht wie der Nette, sondern wie der andere.
»Wir sind wegen der Party hier«, sagte Dario.
»Und du bist …«
»Wer soll ich schon sein?«, fragte Dario. »Ich bin ein Freund von Leo.«
»Leo?«, fragte der Mann zurück. »Ich kenne keinen Leo.«
Dario lächelte herablassend. »Du bist neu, oder?«
»… neu?«
»Na ja, neu. Ich habe dich hier noch nie gesehen. Zum ersten Mal hier?«

»Ja … Und?«
»Ach nichts, hab's mir bloß gedacht. Komm schon, jetzt lass mich rein, die anderen warten schon auf uns.«
»Hast du eine Einladung?«, fragte der Mann. Dario schwieg. »Also entweder du hast eine Einladung, oder du bleibst draußen.«
Dario lachte. »Nein, ich habe keine Einladung. Ich brauche keine.«
»Gut, dann bleibst du draußen.«
Dario zuckte mit den Schultern. »Na schön. Okay, das ist dann dein Problem.« Er wendete den Rollstuhl und entfernte sich.
»Hey!«, rief der Mann. »Wart mal kurz.« Er trat einen Schritt vor. »Was soll das jetzt heißen, das ist mein Problem?«
»Hör mal, Leo hat mich gebeten, seinen Bruder herzubringen. Du willst mich nicht reinlassen? Dann mach das mit ihm aus. Ich habe Besseres zu tun. Und tschüss.«
Der Mann von der Security betrachtete Andy nachdenklich. »Leo ist einer aus dem Haus?«
»Einer aus dem Haus? Hör mal, dem gehört das Haus. Na ja, gut, seinem Vater.«
»Und das ist sein Bruder?«, fragte der Mann und zeigte auf Andy.
Andy gurgelte ihm etwas zu. Er öffnete den Mund, legte den Kopf schief.
»Du solltest besser aufmachen«, meinte Dario. »Sonst regt er sich auf. Und wenn er sich aufregt, dann gibt es echt Probleme.«
Andy brachte ein dumpfes Geräusch hervor, es klang, als käme es ganz tief aus dem Bauch. Und dann begann er, auf seinem Stuhl vor und zurück zu schaukeln.
»Siehst du, ich hab's ja gewusst«, sagte Dario. Er packte Andy an den Schultern und schüttelte ihn leicht. »Andy, ganz ruhig, wir gehen ja gleich rein …«
Andy knurrte. »Leo … Leo … Leo …«, wiederholte er. Er verdrehte die Augen, begann zu sabbern.

Der Mann wich zurück. »Ach du Sch…«, sagte er. Er drehte sich um, drückte einen Knopf auf einer kleinen Säule. »Es ist offen … Schau, es ist offen …«, sagte er und hob beschwichtigend die Hände. »Ich will keinen Ärger, klar?«

»Das wurde aber auch Zeit«, sagte Dario und schob den Rollstuhl rein. »Der wäre beinahe ausgeflippt.«

Er lief schnell auf dem Kiesweg weiter, vorher warf er dem Mann allerdings noch einen finsteren Blick zu.

Das Tor schloss sich hinter ihnen.

»Du warst großartig, Andy …«, sagte Dario leise.

Ja, ich weiß, erwiderte Andy grinsend.

Als sie an einer Gruppe Jugendlicher vorbeikamen, ernteten sie von allen Seiten erstaunte Blicke. Sie verschwanden durch eine der Türen ins Haus.

Die Musik aus der Anlage schlug ihnen wie eine heftige Windbö mit hundertzehn Dezibel entgegen.

»Usik!«

Der Raum war riesig, doppelt oder dreimal so groß wie ein normales Wohnzimmer, rundum verglast. Draußen zog sich ein Bogengang ums Haus und dahinter lag spiegelblank und himmelblau der beleuchtete Pool.

»Ciao!«, rief ihnen jemand von hinten zu.

Dario drehte sich um. Ein Mädchen in einem pinkfarbenen Kleid kam lächelnd auf ihn zu.

»Du hast mich erschreckt«, sagte Dario und erwiderte ihr Lächeln.

»Was?«, rief sie und strich sich die Haare hinter die Ohren.

»Du hast mich erschreckt!«, wiederholte Dario. Die laute Musik übertönte alles.

»Ich bin Tiffany!«

»Ich bin Dario! Und das ist Andy!«

»Super! Dario und Andy. Und ihr seid Freunde von …?«

»… von Leo!«

»Ich weiß zwar nicht, wer Leo ist, aber egal. Komm, gratulier mir!«

»Wie jetzt, gratulieren?«

»Na ja, gratulier mir eben. Das ist meine Party!«

»Äh – alles Gute!«

»Danke-danke-danke!« Sie küsste ihn auf die Wange. »Los, kommt rein und habt Spaß!«

VIERUNDZWANZIG

An der Wand flimmerten von einem riesigen Flachbildschirm Bilder von irgendeinem Rockkonzert und warfen bunte Lichter auf Menschen und Dinge. Die Lautstärke war fast unerträglich und brachte sogar die Gläser auf den Tischen zum Tanzen.

Dario beugte sich zu Andy hinunter. »Gefällt es dir?«, fragte er ihn.

Andy nickte. »… Usik«, rief er wieder.

Sie machten sich zum Tresen auf, wo auch das Buffet aufgebaut war. Ein Barkeeper mit weißen Handschuhen stand dahinter und schüttelte einen Shaker.

»Hallo, was nimmst du?«

Dario musterte die aufgereihten Alkoholika. »Ein wenig von dem da.«

Der Barkeeper reagierte nicht. Er sah Dario nur an und hob fragend eine Augenbraue.

»Was ist? Ich bin volljährig!«, empörte sich Dario.

»Ja klar. Orangenlimo oder Coca-Cola, was willst du?«

Dario schnaubte. »Gib mir ’ne Cola«, sagte er. »Oder besser zwei mit zwei Strohhalmen.«

Der Barmann drehte sich um, goss die Getränke ein und reichte sie ihm.

»Vielen Dank«, sagte Dario ein wenig ironisch.

Tiffany stand plötzlich neben ihm und hakte sich bei ihm ein.

»Du könntest aber dafür durchgehen«, sagte sie.

»Wofür?«

»Na, für achtzehn. Du könntest als volljährig durchgehen. Vielleicht mit etwas kürzeren Haaren.« Sie fuhr ihm mit den Fingern über die Schläfen. »Das da ist Sam«, sagte sie und zeigte auf ein Mädchen, das auf einem neongrünen Sofa saß.

Sam winkte sie zu sich. »Kommt doch her.« Sie schaute Andy an. »Bring den ruhig mit.«

»Ach, echt jetzt?«, entgegnete Dario. »Normalerweise lass ich ihn draußen auf dem Behindertenparkplatz.«

Sam riss schockiert die Augen auf.

»So ein Blödmann!«, meinte Tiffany. »Der verarscht uns, Sam!« Sie packte Dario am T-Shirt und zog ihn zum Sofa.

»Komm schon«, sagte Tiffany und setzte sich. »Du musst mir alles, einfach alles über dich erzählen.«

»Über mich? Und was willst du wissen?«

»Keine Ahnung, was du machst, studierst du, hast du einen Job ...«

»Aber, Tiffany«, unterbrach sie Sam. Sie deutete mit dem Kopf zu Andy hinüber. »Ist doch klar, oder, er kümmert sich um ihn.«

»Oh«, sagte Tiffany verlegen. »Tut mir leid ...«

»Eigentlich«, meinte Dario, »kümmert Andy sich um mich. Er wäscht mich, zieht mich an und so.« Er lehnte sich zu Andy vor. »Also das funktioniert so: Andy ... Durst.«

Andy hob die Hand mit der Cola. Dario beugte sich vor, trank einen Schluck und richtete sich dann wieder auf.

»Wow«, sagte Sam. »Krass.«

»Ja, nicht?«, erwiderte Dario. »Nächste Woche treten wir damit im Zirkus auf.«

Tiffany kicherte wieder los. »Mann, Sam, hast du es immer noch nicht geschnallt? Der verarscht uns schon wieder.«

Sam lachte. »Ich glaub's nicht! Und das passiert mir, wo ich so eine Checkerin bin.«

Sie unterhielten sich eine Weile, hörten der Musik zu.

Sam begann sich im Takt zu bewegen, und Andy wiegte sich ebenfalls hin und her.
»Wahnsinn«, sagte Tiffany. »Will er tanzen?«
»Na klar will er«, antwortete Sam. Sie stand auf, lächelte ihn an, hielt ihm die ausgestreckten Arme hin. Andy öffnete die Hände, Sam ergriff sie. »Du weißt schon, dass du gut aussiehst?«, brüllte sie ihm ins Ohr, um die Musik zu übertönen.
Andy lächelte und wiegte sich weiter im Rhythmus der Musik, Sam bewegte sich um ihn herum.
»Du machst ihn noch ganz schwindelig«, meinte Tiffany. Aber dabei lachte sie und sah wieder zu Dario.
»Dein Freund hat's echt drauf.«
»Klar hat er das. Erzähl das mal dieser Plunschkuh Elisa.«
»Wer ist das denn? Seine Freundin?«
»Nein, eine Betreuerin in der Schule. Eine richtig dumme Tussi, die keine Ahnung hat, wie man sich anderen Leuten gegenüber verhält.«
»Es ist bestimmt nicht einfach, mit Behinderten umzugehen.«
»Was hat das mit Behinderten zu tun? Die hat keine Ahnung, wie man überhaupt mit Leuten umgeht. Behindert oder nicht, das ist doch scheißegal, wenn du gar kein Gespür dafür hast, was der andere will. Nur kann Andy ihr nicht sagen, dass sie sich verpissen soll.«
»Du weißt schon, dass du echt krass bist?« Sie fuhr mit einem Finger über seine Lippen. »Aber ich spüre, was andere wollen.« Sie schmiegte sich an ihn. »Ich bin ja nicht Elisa.«
»Entschuldigt mal kurz«, unterbrach Sam sie. »Ich hab so das Gefühl, dass Andy Hilfe braucht.«
»Sam ...«, protestierte Tiffany.
»Es ist wirklich dringend. Ich hab das Gefühl, dass er mal aufs Klo muss«.
Andy lachte, drehte den Kopf nach hinten. »... Lo!«

Das war kein Klo, nicht mal ein normales Bad, das war so groß wie ein Fußballfeld. Weiße und grüne Kacheln und überall Spiegel, goldene Wasserhähne und in der Mitte eine Duschkabine, spacig wie ein Teleporter.

Während Dario Andy stützte, als dieser auf dem WC saß, wurde ihm bewusst, dass sie beide sich zwei Tage lang nicht gewaschen hatten.

Er roch an seinem T-Shirt.

Andy gurgelte und lachte mit geschlossenem Mund.

»Hey, du duftest auch nicht gerade nach Rosenwasser …«

Dario setzte Andy in den Rollstuhl zurück und fuhr ihn vor einen Spiegel.

»Seit wann haben wir uns nicht mehr frisch gemacht? Schau dir mal deine Haare an. Du siehst aus wie ein Kaktus in einem Blumentopf mit Rollen.«

Andy lachte. Er rüttelte am Stuhl. »… du«, sagte er und streckte den Mund vor.

»Ja, genau, ich auch.« Dario klopfte ihm auf die Schulter. »Weißt du, was wir jetzt machen?« Er wendete den Rollstuhl und fuhr damit zur Duschkabine. »Einmal das volle Programm.«

»Olle Ogramm.«

Dario ging zur Tür, schloss ab, dann zog er sich aus und ließ die Kleider einfach auf dem Boden liegen.

Andy fing an zu kichern. »Dario …«, gurgelte er, »… nack.«

»Ja und?«, fragte Dario. »Hast du noch nie einen nackten Mann gesehen?« Er ging zu Andy. »Und, Andy? Wie sieht's mit einem nackten Andy aus?«

»… nack«, wiederholte Andy und wackelte auf dem Rollstuhl hin und her. »Andy … nack …«

Dario zog ihm das T-Shirt aus, die Schuhe, die Hose, während Andy lachte und wiederholte: »Nack … nack … nack …« Dann öffnete

Dario die Tür der Duschkabine und machte Anstalten, den Rollstuhl dort hineinzufahren.
»Nein ... nein ...«, rief Andy.
»Was ist denn?«
»Wasse ... Stuhl ... nein.«
»Ach so ... das wusste ich nicht. Gut, dass du mir das gesagt hast.«
Er fuhr den Rollstuhl zurück und sah sich nach etwas um, worauf er Andy setzen konnte. Doch er fand nichts. »Na gut, dann halte ich dich eben.«
Er packte Andy unter den Achseln, hob ihn hoch und stieg zusammen mit ihm in die Dusche.
Das Wasser floss über sie beide hinweg, wusch Staub und Müdigkeit ab, frisches Wasser, klares Wasser, freundliches Wasser.
Andy lachte und machte Wasserblasen. Dario stützte ihn und hielt seinen Körper unter den Strahl, fuhr ihm mit einer Hand über die Brust, den Hals, die Arme, wo er eben hinkam, um ihn zu waschen. Und dabei musste auch er lachen. »Stell dir vor, wenn jetzt einer hier reinkommt. Der hält uns glatt für ein Pärchen!« Aber es war ihm egal. Eigentlich gefiel ihm die Vorstellung sogar. Dario und Andy. Andy und Dario. Wie Thelma und Louise. Was für ein toller Film! Schon etwas älter, aber trotzdem super. Wie ging der Song noch mal ...?
You're a part of me, I'm part of you ...
»Kennst du das, Andy?«, fragte Dario. »*You're a part of me, I'm part of you* ... Na, Andy, kennst du das?«
Er fing an zu singen, während das Wasser über sie hinwegrauschte. Andy lachte und genoss es, lag in Darios Armen, warf den Kopf mal nach links, mal nach rechts, und sang ebenfalls aus vollem Hals: „ ... Partoviu ... partoviu ...«
Jemand klopfte an die Tür.
»Besetzt!«, schrie Dario.

»Setzt!«, schrie Andy.

Es klopfte wieder.

Dario wandte sich um und drehte den Hahn zu.

»Wasse ...«, protestierte Andy.

»Es reicht, lass uns rausgehen. Wir haben uns lange genug gewaschen.«

»Wasse ...«, rief Andy. »Mehr ...«

»Komm schon, Sam wartet auf dich. Sie hat dir sogar gesagt, dass du gut aussiehst.«

»Wasse!«, rief Andy und ließ sich zur Seite fallen.

Dario verlor das Gleichgewicht. Er rutschte aus, konnte Andy zwar gerade noch halten, knallte aber selbst mit dem Rücken gegen den Rand der Dusche.

»Verdammt ... Andy!«, fluchte er.

Er stand wieder auf, hielt Andy weiter unter den Achseln fest.

Verfluchter Mist, tat ihm der Rücken weh.

»Hey, alles klar da drin?«, hörte er von vor der Tür.

Dario griff sich den Rollstuhl, setzte Andy unsanft darin ab, zog ihn an und danach sich selbst.

»Hey, was habt ihr denn hier drin getrieben?«, fragte ein Kerl, als er hinter der Tür auftauchte.

»Was geht's dich an?«, gab Dario zurück.

Tropfend nass kehrten sie ins Wohnzimmer zurück. Das Steißbein tat höllisch weh.

»Wasse ... Wasse ...«, wiederholte Andy.

»Dario«, rief Tiffany. »Wo bist du denn gewesen, du bist ja total nass.«

»Hab geduscht. Hast du was dagegen?«

»Ach Quatsch.« Sie betrachtete ihn, schob ihm sanft die nassen Haare aus den Augen. »Aber wenn du mir etwas gesagt hättest, dann hätten wir zusammen duschen können.«

Sie kehrten zum Sofa zurück. Als Dario sich setzte, hielt er sich den Rücken.
»Hast du dir wehgetan?«
»Geht schon.«
»Wasse!«, rief Andy.
»Halt den Mund, ich hätte mir fast das Kreuz gebrochen.« Andy lachte. »Hör mal, ich bin ganz schön sauer auf dich. Du hättest mir echt wehtun können.«
»Komm schon«, ging Sam dazwischen, »du bist ja nicht gestorben.«
»Ich hätte mir aber auch den Hals brechen können.«
»... Als«, wiederholte Andy.
»Und hör damit auf!«
Andy verstummte. Und hob die Augenbrauen.
»Komm schon, behandel ihn anständig, den armen Kerl.«
»Armer Kerl am Arsch! Wir wären dort fast draufgegangen.«
»Einer Freundin von mir ist mal 'ne Titte geplatzt«, sagte Sam. »'ne Titte, was sagt man dazu?«
»Wie kann einem denn 'ne Titte platzen?«, fragte Tiffany.
»Weil sie künstlich war. Aufgeblasen. Ein Implantat, verstanden? Und als sie im Flieger saß, *peng*! Du weißt schon, der Druck und so.«
»Oh mein Gott, wie eklig, ich wär gestorben.«
»Wasse!«, rief Andy.
»Hör auf damit, Andy.«
»Willst du die Stelle kühlen? Wenn du magst, massier ich dich. Das kann ich gut.«
Andy lachte. »Wasse! Wasse! Wasse! Wasse!«, wiederholte er immer wieder. Er streckte einen Arm aus, packte Dario am T-Shirt und rief: »Wasse! Wasse! Wasse!«
Dario sprang auf, versetzte dem Rollstuhl einen so heftigen Tritt, dass er gegen eine Säule prallte. Beinahe wäre Andy hinausgefallen.

Tiffany starrte ihn entsetzt an.
Dario stand auf, ging zu Andy, beugte sich über ihn.
»Was glaubst du eigentlich?«, fuhr er ihn an. »Dass du alles tun kannst, was du willst, bloß weil du in so einem Rollstuhl sitzt?«
Andy antwortete ihm nicht. Starrte Dario nur finster an. »Also, dann hör mir mal gut zu. Du bist nicht der Einzige. Ich sitze auch in einem Rollstuhl. Seit neun Jahren schon. Hat bloß keiner mitbekommen.« Er beugte sich vor, legte seinen Mund an Andys Ohr. »Hast du gewusst, dass ich manchmal nicht aus dem Bett komme, hast du das gewusst? Und dass ich mich dann nicht bewegen und nicht atmen kann? Und nur noch hoffe, dass der Tag schnell vorübergeht, und das Einzige, woran ich dann noch denken kann, ist, dass es morgen vielleicht besser wird.«
Dario stand auf und betrachtete Andy von oben. Er spürte ein Riesengewicht auf seiner Brust, wie einen Knoten. Der nach Tränen und Wut schmeckte. »Es gibt nur einen Unterschied zwischen uns, mein Freund, du hast jemanden, der dir hilft, und ich nicht.«
Dario wandte sich ab.
Und ging zum Sofa zurück.
Nahm Tiffany bei der Hand.
Und verschwand mit ihr.
Andy sah wie erstarrt zu Boden. Er spürte, wie ihm die Tränen kamen.
»Hey«, sprach Sam sanft auf ihn ein. »Komm schon, denk nicht mehr dran.«
Andy antwortete nicht.
Sam kam näher. »Bist du traurig?«
»A-loch«, sagte Andy.
»Bitte?«
»Dario A-loch.«
Sam lachte auf. »Also hör mal! Was sind das denn für Ausdrücke!«

Sie legte ihm eine Hand auf den Mund. »Aber du hast recht, er ist schon ein richtiges Arschloch.«
Sie stand auf. Lächelte ihn an.
»Willst du 'ne Cola? Ich geb dir eine aus.«
Sie streckte ihm die Hand hin.
Andy betrachtete sie. Sam sah richtig gut aus, mit diesem weißen, ovalen Gesicht wie bei einem Porzellanpüppchen.
»Was ist jetzt, willst du oder nicht?«, kicherte sie. »Na gut, dann gibst eben du mir die Cola aus.«
Andy lachte. Er berührte ihre Finger.
Sam nahm den Rollstuhl und schob ihn zur Bar.

FÜNFUNDZWANZIG

»Was hast du gesagt? Ich versteh dich nicht!«
Tiffanys Stimme versuchte, sich gegen das Dröhnen der Musik durchzusetzen.

In diesem Raum mussten an die fünfzig, sechzig Personen sein. Wie soll man denn tanzen mit sechzig Menschen um sich herum? Aber im Moment hatte Dario sowieso keine Lust zu tanzen.

»Ich seh Andy nirgendwo!«, sagte er, während er zu den kleinen Sofas hinüberschaute.

»Was hast du gesagt?«

»Dass ich Andy nirgendwo sehe!«, wiederholte er und hatte diesmal seinen Mund ganz nah an Tiffanys Ohr.

»Na und? Du hast dich gerade mit ihm gestritten. Komm, entspann dich, das ist eine Party, er wird schon irgendwo sein und Spaß haben!«

»Was hast du gesagt?«

»Er wird seinen Spaß haben! Hab doch auch mal Spaß!«

Tiffany hob die Arme über den Kopf, ging in die Knie und kam zum Rhythmus der Musik wieder hoch, wobei sie sich an Dario rieb.

»Wo kann er hin sein?«

»Hör endlich auf! Siehst du mich überhaupt?«

»Was ist los?«

»Was los ist? Ich bin hier!«

Tiffany lächelte ihn an, ihre weißen Zähne glänzten feucht.

»Ich hab genug«, sagte er. »Komm, lass uns gehen.«

»Warum? Was willst du denn? Magst du nicht tanzen?«

»Keinen Bock. Lass uns gehen.«
Tiffany nahm sein Gesicht in die Hände und küsste ihn auf den Mund.
Dario starrte sie an. Nein, Süße, lass lieber die Finger von mir, dachte er, das tut dir nicht gut. Es tut dir nicht gut, dich mit einem wie mir zusammenzutun, ich bin eine Niete, das weiß jeder, das weiß die ganze Schule, alle wissen, dass Dario eine Niete ist, aus der nie was wird. Fang nichts mit einer Niete an, aus der nie was wird.
Tiffany drückte ihre Hände gegen seine Wangen. »He, ist mir doch egal, dass du seltsam bist!«, schrie sie gegen die hämmernde Musik an. »Ich bin doch auch seltsam!«, und sie küsste ihn noch einmal, ein weicher, feuchter Kuss, ein Versprechen. »Komm, lass uns was trinken!«
Sie verließen die Tanzfläche und durchquerten den Raum.
»Da ist er doch!«, sagte Tiffany und zeigte auf den Bogengang hinter dem Haus.
»Wer?«
»Andy. Da, siehst du ihn? Bist du jetzt beruhigt?«
Durch eines der großen Fenster sah man den Garten und den Rand des Pools, an dem sich die Menschen drängten. Sie klatschten wie bei einer Vorführung, während einige Mädchen Andy auf einer Poolliege wie in einer Prozession trugen. Es sah aus wie an einem kirchlichen Feiertag, fehlten nur noch die Kerzen und die Ministranten, die dem Zug folgten.
»Was machen die denn da?«
»Das kann dir doch egal sein. Sie haben Spaß. Siehst du nicht, dass auch Andy seinen Spaß hat?«
Die Mädchen senkten Andy in das niedrige Wasser ab, er lachte dabei und schaukelte mit dem Oberkörper vor und zurück. Sam hatte ihm T-Shirt und Hosen ausgezogen, und nun war da nur ein kleiner halb nackter Gott, der unter den Augen der feiernden Gläubigen auf

seinem Thron vorbeizog. Und sang. »... partoviu ... partoviu ...«, grölte er, während die Leute lachten und kein Wort verstanden, denn die Sprache der Götter ist nicht für jeden.

»Was für ein ausgekochter ...«, sagte Dario grinsend. »Jetzt hat er doch noch sein beknacktes Wasser bekommen.«

»Dann lass uns gehen, schnell«, sagte Tiffany. Sie zog Dario am T-Shirt. »Weißt du, dein Freund wirkt auf mich etwas heller als du. Vielleicht sollte ich besser die Nacht mit ihm verbringen.«

Dario sah sie fassungslos an.

»Das war Spaß«, erklärte sie. »Komm schon. Sonst lasse ich dich doch noch stehen.«

SECHSUNDZWANZIG

Dario stieß gegen das Tischchen. Er bewegte die Augen unter den geschlossenen Lidern und drehte sich auf die Seite. Er spürte das Kissen wie einen Buckel hinter dem Rücken.
Die Schnecke versuchte, so schnell wie möglich den Stein hinunterzugleiten. Aber eine Schnecke ist und bleibt eine Schnecke, was konnte sie schon tun? Genau wie ein kleiner Junge, der versucht, schneller zu gehen; aber er ist eben ein kleiner Junge und kann nicht Schritt halten mit einer Welt, die sich zu schnell dreht. Dario beobachtete die Schnecke aus der Nähe, während er auf nackten Knien in der Einfahrt hockte. Er betrachtete sie aufmerksam wie bei einer wissenschaftlichen Untersuchung, jede einzelne ihrer langsamen, winzigen Bewegungen, hinter denen sich tatsächlich ein fieberhaftes Zusammenspiel aller Muskeln verbarg.
»Dario!« Seine Mutter rief ihn von drinnen aus dem Haus.
Doch er hörte nicht auf sie. Das ging nicht, nicht jetzt, er hatte gewettet. Und zwar, dass die Schnecke es schaffen würde, dass sie nicht sterben würde, bevor sie den Bordstein der Einfahrt erreicht hatte. Wie fühlt es sich an, eine Schnecke zu sein? Wie fühlt es sich an, ein kleiner Junge zu sein? Ist es schlimmer, ein kleiner Junge zu sein als eine Schnecke, nein, es ist schlimmer, groß zu werden, als so eine verdammte Einfahrt langzukriechen. Deshalb hatte Dario ihr Salz auf den Rücken gestreut, das wie Säure brannte, er hatte das getan, um diesen Vorsprung auszugleichen, damit Schnecke und Junge gleich wären in dieser Einfahrt, beide langsam, ausgeliefert, verletzlich, auf dem Weg zu einem Ziel, das unerreichbar zu sein schien.

»Dario!«, rief die Mutter wieder.
Warum beeilte sich diese blöde Schnecke denn nicht? Sechs Zentimeter fehlten noch, nur sechs Zentimeter. Das Salz auf ihrem Rücken bildete einen dichten grauen Schaum, er zischte, während es sich in ihr Fleisch fraß. Beweg dich, du dumme Kuh, los, beweg dich! Willst du etwa mitten auf dem Weg sterben? Du musst dein Ziel erreichen, sonst gilt es nicht, es gilt nicht, wenn du vorher stirbst.
Die Schnecke hörte jedoch nicht auf ihn. Sie blieb dort an ihrem Platz, unbeweglich, wie ein Kaugummi, den man auf den Asphalt geklebt hatte.
Dario stand auf, er stieß sie mit der Fußspitze an. Doch sie bewegte sich nicht, ein Klumpen geschmolzener Käse auf einem heißen Stein. »Du bist eine dumme Kuh«, sagte er halblaut. »Nur noch sechs Zentimeter, und du wärst groß geworden.«
»Dario! Komm her!«
Dario wandte sich um. Und er stieß wieder gegen das Tischchen.
Endlich wachte er auf.
»Tiffany ...«
Er streckte den Arm suchend neben sich aus.
»Tiffany ...?«
Aber Tiffany antwortete nicht.
Es war dunkel. Ins Zimmer fiel nicht der geringste Lichtschein. Die Musik, die Treppen, sie beide, wie sie zusammen nach oben liefen, die Tür, die sich hinter ihnen schloss, Dario konnte sich an alles vom vergangenen Abend erinnern. Der frische, betörende Duft von Tiffany.
Vom Flur her hörte er jemanden lachen.
Dario stand auf. Stützte sich an der Wand ab, denn um ihn herum drehte sich alles ... warum drehte sich alles, er hatte doch gar nichts geraucht ...

Er durchquerte das Zimmer und öffnete die Tür.
»Pass doch auf!«
Die Stimme erschreckte ihn von hinten. Ein kräftiger Junge mit nacktem Oberkörper flitzte an ihm vorbei. Ihm fielen ein paar Ketten runter, Modeschmuck, er blieb stehen und sammelte sie auf.
Er schnaubte und sagte: »Komm ... hilf mir mal.«
Dario beugte sich hinunter, hob eine bunte Perlenkette auf. Doch der andere war schon wieder aufgestanden und rannte weiter. »Los, komm mit«, rief er ihm zu, während er am Ende des Flurs um die Ecke bog.
Dario rieb sich die Augen. Er lief langsam den Flur entlang, nahm die Treppe, die nach unten führte, wobei er auf den Stufen über Gläser und Flaschen steigen musste.
Von hinten aus dem Raum kam Musik. Eine Gruppe junger Leute hatte einen Kreis gebildet. Lachend und johlend prosteten sie jemandem zu.
Dario näherte sich und spähte über ihre Köpfe hinweg.
»Super«, sagte ein rothaariger Typ. »Gib mir die.« Er nahm ihm die Kette aus den Händen und kniete sich hin.
Dario sah Andy vor sich, behängt mit Ketten saß er in seinem Rollstuhl, ohne T-Shirt und Jeans. Man hatte ihm einen himmelblauen Schal um die Schultern gelegt. Jemand hatte seine Augen mit Lidschatten geschminkt und die Lippen mit einem dunkelvioletten Lippenstift nachgezogen.
»Jetzt ist er perfekt!«, sagte der Kerl. »Er sieht aus wie die Madonna!« Er stand auf, lachte und klatschte in die Hände.
»Is' was?«, fragte er, als er Darios Blick begegnete.
Dario beachtete ihn nicht. »Andy ...«
Andy schüttelte sich und öffnete den Mund.
»Ich habe dich gefragt, ob was ist«, fing der Junge wieder an.
Aber Dario ging an ihm vorbei und kniete sich vor Andy hin.

»Was hast du denn gemacht?«, fragte er. »Du kannst dich doch nicht anmalen wie eine Frau. Bist du etwa eine Frau?«, sagte er zu Andy und wischte ihm den Lippenstift ab.

»Nein …«, sagte Andy. »Edi nich Frau …«

»Eben, du bist keine Frau.«

Dario sammelte T-Shirt und Jeans auf, nahm Andy die Ketten ab und alles, womit man ihn behängt hatte, warf es auf den Boden und drehte den Rollstuhl zur Tür.

»He du!«, sagte der Rothaarige wieder. »Ich habe dich gefragt, was los ist. Bist du taub?«

»Nein, ich hab bloß keine Lust auf so was.«

»Na gut, aber der Idiot bleibt hier.«

»Wer?«

»Der Idiot. Stell ihn sofort hin, wo er war.«

Dario ballte die Fäuste.

»Mann, jetzt kriege ich so richtig Angst …«, meinte der Rothaarige. »Na, dann sag mal, was …«

Er konnte den Satz nicht beenden. Darios Schlag traf ihn mitten im Gesicht.

Es gab ein knackendes Geräusch, ein Blutstrahl spritzte durch die Luft, und der Rothaarige fiel schreiend, die Hände vors Gesicht geschlagen, zu Boden, während er sich die Nase mit den Händen hielt.

Die anderen im Raum wichen zurück. »Mann, ganz ruhig …«, sagte jemand. »Komm, das war doch nur Spaß«, ein anderer.

Dario durchquerte den Raum, öffnete die Tür mit einem Fußtritt und ging nach draußen.

Im Garten war Tiffany. Sie redete mit Sam, die mit dem Rücken an einer Mauer lehnte.

»Dario!«, rief sie ihm hinterher. »Wo willst du denn hin? Warte doch!«

Sie rannte ihm nach. »Was ist? Was ist passiert?«

»Frag das deine Freunde«, sagte er. »Nein, frag besser die«, meinte er und zeigte auf Sam.
Sam riss erstaunt die Augen auf. »Mich?«, fragte sie. »Was hab denn ich damit zu tun?«
»Du hast Andy diesen Drogis überlassen.«
Sam sah Tiffany an. »Warum, was haben sie getan?«, fragte sie.
»Drogis halt.«
»Mein Gott, Dario«, sagte Sam, »entschuldige, ich hatte ja keine Ahnung. Ich schwör, dass ich wirklich keine Ahnung hatte.«
»Denk das nächste Mal vielleicht erst mal nach, bevor du einen Behinderten einfach so alleinlässt.«
»Also Moment mal, entschuldige, und was hast du gemacht?«, gab sie trotzig zurück. »Du hast ihn doch einfach so bei mir abgeladen. Die Verantwortung hattest ja wohl du, nicht ich.«
Dario sagte nichts darauf. Sam hatte recht, verdammt, und wie sie recht hatte.
Hinter ihnen kamen ein paar Leute aus dem Haus. Ganz vorn der Rothaarige, dessen Gesicht und T-Shirt mit Blut befleckt waren. Jemand hielt ihn am Arm zurück.
»Verpisst euch doch alle ...«, sagte Dario. Er drehte sich um und ging mit Andy im Rollstuhl auf das Tor zu.
Als er draußen war, kam es ihm vor, als könnte er endlich wieder frei atmen. Er startete den Motor des Rakmobils und fuhr zur Straße zurück. Eine Flasche rollte hinter ihm her.

SIEBENUNDZWANZIG

Dario hielt erst an, als die Sonne über der Ebene aufging. Er hielt an, um sein wie wild klopfendes Herz zu beruhigen. Er fühlte sich, als wäre er gerannt. Da war etwas in seiner Brust, das den Platz zwischen Kehle und Magen ausfüllte und ihm die Luft nahm. Als hätte ihm jemand eine Faust vor die Brust gerammt.

Er hielt am Straßenrand und stellte den Motor aus.

Was ist?, fragte Andy ihn.

»Nichts ... nur einen Moment ...«

Geht es dir nicht gut?

»Nein ... ich muss mich mal hinlegen ... nur ganz kurz.« Dario setzte sich auf den Boden. Öffnete den Mund. »Das geht gleich vorbei.«

Doch dieser Druck auf seinem Magen ging nicht vorbei.

Dario atmete, aber die brennende Luft verdichtete sich in seiner Kehle und blieb dort stecken.

Er hustete, hob den Kopf, die Augen geschlossen, den Mund weit aufgerissen. Ließ sich mit ausgebreiteten Armen nach hinten sinken. Der Himmel war so weit und ruhig, einfach riesig. Warum gelang es Dario dann nicht, wenigstens einen klitzekleinen Tropfen Luft aus diesem grenzenlosen blauen Reservoir herauszuquetschen? Anscheinend hatte jemand, Gott, der Herr über den Himmel oder irgendeine verdammte lokale Gottheit den Hahn abgedreht.

Andy saß inzwischen da und betrachtete die aufgehende Sonne. Sein Blick ging wie immer in die Ferne. Die Straße, die Hügel, die Wälder und die Ebene, alles lag reglos da, starr und stumm, als wäre es immer schon dort gewesen. Und Andy in seinem Rollstuhl wirkte ebenfalls, als wäre er seit Anbeginn der Zeiten dort. Sah aus wie eine der Sonne zugewandte Sphinx, die die Welt aus ihren dunklen Augen betrachtete und mit ebendiesen dunklen Augen veränderte.

Und ganz langsam kehrte in dieser beinahe unerträglichen Stille auch die Luft zum Atmen zurück.

Andy lächelte. *Was ist?*, fragte er.

Dario sah ihn an.

Kriegst du jetzt Luft?

Ja, jetzt ist es etwas besser.

Das wusste ich.

Warst du das?

Was war ich?

Hast du die Luft zurückgebracht?

Spinnst du? Wie sollte ich das hinkriegen?

Keine Ahnung, du bist doch ein Halbgott.

Andy lachte. *Ach, hör auf, ich bin nur so ein Typ, der im Rollstuhl sitzt.*

Dario stand wieder auf. Er ging in die Knie, holte tief Luft. Sah zu Andy hinüber, der die Augen geschlossen hatte.

Er stützte sich am Rollstuhl ab.

»Komm, sag es mir«, meinte er zu Andy. »Hast du die Luft zum Atmen zurückgebracht?«

Aber Andy sagte nichts.

Dario sah auf zum Himmel, der so ruhig und blau wirkte, warf den Motor des Rollstuhls an und fuhr los.

ACHTUNDZWANZIG

Der Streifen Meer am Horizont wurde immer breiter, je weiter sie nach unten kamen. Wie jemand, der die Arme ausbreitet, um dich zu empfangen. Und der dich zum Bleiben auffordert.

Dario wusste nicht, ob er gekommen war, um zu bleiben oder nicht, ob das Meer ihm gefiel und ob er dessen Umarmung mochte, vielleicht ja auch, weil es die einzige war, die er je in seinem Leben erhalten hatte.

Selbst seine Mutter hatte ihn nie umarmt, nicht einmal, als er klein war, zumindest konnte Dario sich nicht daran erinnern. Sein Vater hatte ihn mal in die Arme genommen, auf einem Jahrmarkt oder in einem Vergnügungspark; das war das einzige Mal, das ihm einfiel, und eigentlich war es nicht einmal eine richtige Umarmung gewesen. Dario wäre damals fast im Stehen eingeschlafen, so wie es nur Kinder können, mit einem Eis in der Hand, das auf den Boden tropfte, und da hatte sein Vater die Mutter geschüttelt und zu ihr gesagt: »Herrgott noch mal, nun nimm ihn schon hoch, bevor er noch auf den Boden fällt.«

Aber seine Mutter war zierlich, sie konnte nicht einmal den Griff eines Staubsaugers halten, wie sollte sie dann ein Kind hochheben. Deshalb hatte sein Vater ihn selbst auf den Arm nehmen müssen.

Dario erinnerte sich immer noch an diese feste und verschwitzte Umarmung, die nach Rauch roch, an das offene Hemd seines Vaters, Musik, blitzende Lichter, Stimmen von Leuten, die redeten, lachten, schrien, an ihnen vorüberzogen.

Ein Schild am Straßenrand. Dario las: *Torre Saracena 3 km*. Drei Kilometer. Ein Katzensprung auf dem Papier. Doch Papier berücksichtigte nicht das wahre Leben, nicht, was du bereits erlebt hast und was noch vor dir liegt. Drei Kilometer. Für Dario lag Torre Saracena mindestens drei Lichtjahre entfernt.

Er schaute auf die Sonne, die sich plötzlich über dem Meer erhob. Eine runde orangefarbene Scheibe in einem Himmel in Flammen. Sie erinnerte Dario an ein Foto in seinem Englischbuch, auf dem *sun* stand und etwas darunter *Sonne*. Und er dachte, dass man im Englischen Sonne und Sohn ja gleich ausspricht und dass es früher vielleicht mal ein und dasselbe Wort gewesen war, weil ein Sohn im Grunde für einen Vater die Sonne war. Und umgekehrt. Dario wäre auch gern die Sonne für seinen Vater gewesen, das war sein größter Wunsch. Aber etwas war schiefgegangen, und sein Vater hatte sich seine Sonne woanders suchen müssen. Und zwar in Torre Saracena.

Irgendwas geht immer schief, keiner weiß, warum. Ein Nichts genügt, eine Geste, ein Wort, ein Nichts eben, und schon fliegt dir alles um die Ohren. Und das entscheidest nicht du, sondern das Schicksal.

Aber jetzt war es anders, jetzt hatte Dario sich gewehrt. Er hatte sich aufgemacht, hatte dem Schicksal ordentlich die Meinung gegeigt. Und nun war er auf dem Weg nach Torre Saracena. Um sich die Sonne zurückzuholen, die man ihm weggenommen hatte.

Torre Saracena 2 km.

»Willst du nicht mal 'ne kurze Pause machen?«

Andy drehte sich um. Er lächelte. Andy lächelte immer.

Warum?, fragte er.

»Einfach so, um zu verschnaufen. Wir haben noch nicht mal gefrühstückt.«

Andy erwiderte nichts.

»Willst du nicht frühstücken?«

Wenn du willst.

»Also ich hab Hunger.« Dario sah sich um. »In der ersten Bar, die wir finden, frühstücken wir und ruhen uns ein wenig aus.«

Andy gurgelte etwas.

»Okay?«

Wenn es für dich okay ist.

»Gut. In der ersten Bar, die wir sehen.«

Torre Saracena 1 km.

Die Bar tauchte direkt hinter dem Straßenschild auf.

Sie setzten sich an einen der kleinen Tische an der Straße. Die Luft war leicht, leichter als leicht, das lag am Meer, das jetzt nur noch einen Kilometer entfernt war. »Also, was nimmst du?«, fragte Dario.

Andy betrachtete die Karte mit den Fotos von den kalten Speisen, Getränken und Eis.

Der Barbesitzer kam zu ihnen.

»Einen Cappuccino«, sagte Dario. »Und ein Croissant.«

»Und er?«

Andy sah ihn an. Er wies mit dem Kinn auf den Rand der Karte und gurgelte etwas, Speichelblasen kamen aus seinem Mund.

»Das da?«, fragte der Mann. »Willst du ein Eis?«

Andy nickte. Der Barbesitzer sah Dario an, lächelte und ging wieder rein.

»Also, bist du bereit?«, fragte Dario. Er betrachtete die Straße, auf der sie gerade gekommen waren. Im Moment konnte man davon nur den abschüssigen Teil sehen, aber der übrige lag dahinter, hinter dem Hügel, der plötzlich eine Riesenzeitspanne übersprang, drei Tage und drei Nächte. »Ich weiß nicht einmal, ob ich ihn wiedererkenne«, überlegte Dario, während er weiter auf den Hügel starrte. »Verrückt, oder? Wie kann man nicht mal wissen, ob man den eigenen Vater wiedererkennt?«

Ein Spatz kam geflogen und setzte sich auf eine Stuhllehne. Er beäugte die beiden, neigte den Kopf Dario zu. Er war klein, winzig klein. Sah aus wie ein Vogelküken.
»Suchst du etwa auch deinen Vater?«, fragte Dario lächelnd. Der kleine Vogel zwitscherte. Nein, er sah nicht wie jemand aus, der seinen Vater suchte. Vielleicht wusste er nicht einmal, wer das war, sein Vater. Tiere sind anders als Menschen, sie stellen sich nicht so viele Fragen. Denn sie wissen, dass man ohne Fragen viel besser lebt. Die Natur sollte den Menschen auch mit einem Anti-Fragen-Mechanismus ausstatten, vielleicht mit einem Enzym, das eine Frage gleich dann erkennt, wenn sie sich aufdrängt, sie aussondert und mit dem Urin wieder ausscheidet. Wie toll wäre das denn, wenn man aufkommende Fragen einfach so auspinkeln könnte: Ach, du hast 'ne Frage? Einmal gepinkelt, und die Frage ist weg.
Andy gurgelte und streckte die Hand nach dem Spatz aus. Der flatterte hoch und setzte sich auf seinen Finger.
»Hier, bitte«, sagte der Barbesitzer, als er mit dem Tablett zurückkam.
Der Spatz flog weg.
Der Mann stellte das Tablett ab. »Wohin seid ihr unterwegs?«, fragte er.
»Nach Torre Saracena.«
»Ach, dann seid ihr schon da, das hier ist Torre Saracena. Und was habt ihr hier vor?«
»Ich suche jemanden.« Dario sah zu Andy. »Ich weiß nicht genau, wo er wohnt, aber ich weiß, dass er in Torre Saracena lebt.«
»Also, ich kenne fast jeden hier in Torre Saracena. Wie heißt er denn?«
»Nico. Nic. Er ist mit einer gewissen Flora zusammen.« Er grinste. »Sie hat grüne Haare.«
»Grüne Haare«, wiederholte der Mann nachdenklich. »Flora hast

du gesagt? Jaja, ich weiß schon. Das sind die am Park.« Er sah Dario prüfend an. »Und warum suchst du sie?«

»Na ja, er ist mein Vater.«

Der Mann lächelte, nahm das Tablett hoch und klemmte es sich unter den Arm. »Das ist auf jeden Fall leicht zu finden«, sagte er und zeigte die Straße entlang. »Ihr fahrt Richtung Meer, da hinten hin, siehst du, dort, wo die Ampel ist, dann biegt ihr nach links ab. Dann sind es ungefähr fünfhundert Meter, dort biegt ihr noch mal ab, und dann könnt ihr sie nicht verfehlen.«

Dario lächelte. Der Mann schaute weg und ging zurück ins Haus.

»Am Park.« Das musste ein gutes Wohnviertel sein, so was liegt ja oft etwas außerhalb der Stadt. Mit Villen, Bäumen, schmiedeeisernen Toren mit vergoldeten Klingelschildern. So was in der Art musste »Am Park« sein, vielleicht lag alles schön gepflegt im Grünen, deswegen nannte man es so.

Die Sonne zog weiter auf ihrer Bahn und heizte die Straße auf. Ein kaum wahrnehmbarer Dunst waberte über dem Asphalt.

Andy hielt sein Eis fest umklammert, dünne Rinnsale aus Sahne und Schokolade liefen ihm wie kleine Sturzbäche über die Finger und das Handgelenk. Er beugte sich vor und versuchte, sie mit dieser langen, beweglichen Ameisenbärenzunge zu erreichen. Und lachte, mit dem Mund und den Augen, selbst seine Schultern, sein Oberkörper und sein Becken lachten bebend mit, sogar die Beine, die wirkten, als hätte sie jemand auf dem Rollstuhl vergessen. Und je weniger er mit seiner Zunge an das Eis kam, desto mehr lachte er.

»Und, bist du fertig?«, fragte Dario.

Na klar, sagte Andy, *ich bin fertig. Dann esse ich den Rest eben an einem anderen Tag.*

NEUNUNDZWANZIG

Sie hielten an der Ampel, kein Auto war weit und breit zu sehen, aber Dario stoppte trotzdem. Er blickte auf den vollen roten Kreis vor sich, der ihn anstarrte wie ein Auge irgendwo im Nirgendwo.

Rot. Rot heißt Halt.

Er schaute nach links in die Straße, die zum Viertel »Am Park« führte, zu den Villen mit den schmiedeeisernen Toren und den goldenen Klingelschildern. Und dachte, dass seine Mutter sich auch so ein goldenes Klingelschild an der Tür anbringen könnte; ein goldenes Klingelschild an einem grauen Haus würde schon was hermachen, vielleicht wäre das Grau dann nicht mehr so grau. Aber vielleicht reichte eine goldene Klingel ja nicht, wenn dahinter alles grau war, vielleicht wirkte das Grau dadurch nur noch grauer.

Von rechts kam ein umgebauter Lieferwagen an und fuhr über die Kreuzung, mit einem großen goldenen Adler auf der Tür. Der Fahrer streckte den Kopf zum Fenster heraus und musterte neugierig das Rakmobil. Unter seiner roten Bandana wippte ein Pferdeschwanz aus grauen Haaren. Andy reckte den Kopf, kniff die Augen zusammen und begrüßte dieses merkwürdige Haus auf Rädern mit einem lang gezogenen Willkommenslaut. Der Adler erwiderte den Gruß mit einem Funkeln, der Fahrer lachte und rief etwas Unverständliches, was der dröhnende Motor sofort übertönte. Dann fuhr er weiter.

Der rote Kreis blinkte kurz, betrachtete zwinkernd Dario, betrachtete den Lieferwagen, der vorbeigefahren war, dann wurde er grün.

Dario bog um die Ecke. Er folgte der Straße bis ans Ende, fuhr an einem Fußballfeld vorbei, einem kleinen Spielplatz. Er kam auch an dem Lieferwagen mit dem goldenen Adler vorbei, der dort mitten auf dem Spielplatz stand und aus dem der Fahrer gerade mit einer Liege in der Hand herauskletterte. Danach fuhr er an einer Wiese vorbei, einer Reihe hoher, schmaler Bäume, und schließlich kam er vor einem Transformatorenhäuschen zum Stehen, weil dort die Straße an einem Tor mit einem gelben Gefahrenzeichen endete.
»Ende«, sagte Dario.
»Nde«, wiederholte Andy.
»Vielleicht sind wir falsch abgebogen. Vielleicht war weiter hinten ja noch eine Ampel.«
Sie fuhren den Weg zurück. Kamen wieder an den Bäumen, der Wiese, dem Spielplatz vorbei. Der Mann aus dem Lieferwagen saß nun davor und rauchte. Auf dem Boden neben ihm stand ein Sixpack Bier.
»Hey!«, rief Dario und winkte. »Ich suche ›Am Park‹!«
Der Mann hob den Kopf. »Was suchst du?«
Dario hielt am Straßenrand. »›Am Park‹«, wiederholte er. »Man hat mir gesagt, dass ich an der Ampel in diese Straße abbiegen soll.«
Der Mann stand auf und kam ihm entgegen. Er betrachtete Andy und warf die Haare, die unter der Bandana hervorquollen, zu einer Seite.
»Ich hab dich nicht verstanden«, sagte er und beugte sich vor.
Er hatte merkwürdige Augen, wässrig, schmutzig grau wie zwei stehende Teiche.
»Ach nichts, ich habe wohl die falsche Abzweigung genommen …«, sagte Dario und legte eine Hand hinter den Kopf. »Macht nichts, trotzdem vielen Dank.«
»Warte mal«, meinte der Mann. »Kenn ich dich nicht?« Er zog die Nase hoch, runzelte die Stirn. »Aber klar, ich kenn dich … Das weiß

ich, ich vergesse niemals ein Gesicht. Wo habe ich dich schon mal gesehen …?« Dann weiteten sich seine Augen vor Überraschung, und ihm blieb der Mund offen stehen, sodass seine gelben, unregelmäßigen Zähne zu sehen waren. »Dario?«, fragte er ungläubig. »Dario, bist du das?«

Dario krampfte sich der Magen zusammen.

Der Mann lachte. »Flora!«, schrie er und drehte sich zum Lieferwagen um. »Flora! Komm raus und schau mal, wer hier ist!«

Er beugte sich vor, packte Dario an den Schultern, schüttelte ihn zwei- oder dreimal. »Mein Dario!«, sagte er. »Bist gekommen, um mich zu besuchen, oder? Wolltest dem alten Mann hier einen Besuch abstatten, was?«

Dario sah ihn nur sprachlos an und wich einen Schritt zurück.

»Was denn, erkennst du mich etwa nicht?«, fragte der Mann. »Ich bin's doch, dein Papa.«

»Papa …?«

»Ja, ja doch, Teufel noch eins!« Er lachte, umarmte ihn, fuhr sich mit dem Hemdsärmel über die Augen. »Wie hast du es bloß geschafft, mich zu finden? Was für ein toller Kerl … Flora!«, schrie er erneut. Er trat einen Schritt zurück. »Du bist ganz schön groß geworden, was? Mein Dario. Darius der Große!«

»Papa, bitte …«

»Nein, nenn mich Nic, alle nennen mich Nic.« Er zwinkerte ihm zu und sah zu Andy. »Und er? Wer ist das, deine kleine Freundin?« Er lachte herzhaft über seinen Witz und schob sich die Strähne zurück, die wieder unter der Bandana herausgerutscht war.

»Papa …«

»Nic. Nicht Papa. Papa, das ist zu viel … Oder? Nic ist besser.« Dario kniff die Augen zusammen. Ihm schwirrte der Kopf. »Los, komm, komm rein. Komm her, damit ich dich Flora vorstelle. Flora!«, schrie er noch einmal. »Wo zum Teufel steckst du denn?«

DREIßIG

Die Luft im Lieferwagen war stickig und roch süßlich. Der Räucherstäbchenrauch stieg in feinen Kringeln nach oben, die an die Decke stießen und schließlich an den Seiten wieder heruntersanken. Andy wandte den Kopf schnell nach rechts und links, um die Kringel mit dem offenen Mund einzufangen. Ab und zu drehte sich ein kleiner Ventilator in seine Richtung und blies ihm die Papierstreifen ins Gesicht, die am Plastikgitter festgemacht waren.

Nic lächelte, er saß auf einem Rattansessel mit abgewetzten Lehnen, in der Hand eine Dose Bier, im Mundwinkel eine Zigarette.

»Nein, ich fass es nicht«, sagte er immer wieder kopfschüttelnd, »was hat dich nur dazu gebracht, hierherzukommen? Es freut mich, also, glaub bloß nicht, ich freu mich nicht, nein, es freut mich wirklich. He, Flora, hast du meinen Jungen gesehen, hast du gesehen, wie groß er geworden ist?« Wieder lachte der Mann und entblößte dabei die gelben Zähne.

Flora, mit ihren grünen Haaren und diesem ein wenig verlorenen Blick, lachte auch. Als ob sie sich fragte, ob sie sich ihnen anschließen oder lieber noch ein wenig in Cannabisland bleiben sollte.

»Und die Mama? Wie geht es der Mama? Wie lang ist das jetzt her, vier, fünf Jahre?«

»Neun«, sagte Dario, »neun Jahre.«

»Neun. Verflucht.« Der Mann lächelte. »Verflucht, so lange ist das schon her? Ja, und? Wie geht es deiner Mama?«

Schlecht, Papa, wie soll es ihr schon gehen, was ist das für eine Frage?

»So lala. Ganz gut.«

»Ach, das freut mich«, sagte Nic. Er beugte sich vor, deutete auf Flora. »Und? Was hältst du von Flora? Ist das nicht eine super Frau?«

Flora schaute zu ihnen, lächelte, breitete die Arme aus. Dann verschränkte sie sie wieder über der Brust, als wollte sie ein unsichtbares Kissen festhalten. Nein, sie blieb definitiv noch in Cannabisland.

»Stimmt doch, was? Sie ist echt stark, das habe ich dir auch geschrieben, oder? Hast du meine Postkarten bekommen?«

Dario sah ihn stumm an, dann nickte er.

»Und was ist mit deinem Freund?«

»Andy.«

»Ja, genau. Wieso ist er bei dir?«

»Ach, nichts weiter. Wir machen einfach zusammen einen Ausflug.«

»Müsste der nicht in einem von diesen Zentren sein? Du weißt schon, die für … wie nennt man die, wie heißen solche wie er?«

»Andy, Papa, er heißt Andy.«

»Ja, nein, so habe ich das nicht gemeint …«

»Ich weiß, wie du es gemeint hast.«

Andy knurrte, er schüttelte den Kopf.

Dario sah zu ihm hin.

Das ist dein Vater?

Schaut so aus.

Jetzt wird mir vieles klar.

Dario grinste. Sicher.

»Verstehst du ihn eigentlich?«, fragte Nic. »Ich meine, hast du verstanden, was er gemeint hat?«

»Klar habe ich ihn verstanden.« Er sah zu Andy. »Er hat gesagt, dass du ein Idiot bist.«

Andy lachte laut.

Nic lächelte, sah zu Andy, dann zu Dario. »Du hast recht«, sagte er und prustete los. »Du hast recht, ich bin wirklich ein Idiot. Du dagegen bist ein guter Kerl, wirklich anständig, dass du dich um einen wie ihn kümmerst.«
Dario sah ihn an. »Das ist gar nicht so schwer, Papa.« Er sah nach unten. »Mehr oder weniger so, wie sich um ein Kind zu kümmern.«
Nic erwiderte nichts. Er zog an seiner Zigarette. Sah zu Flora, die hinten im Lieferwagen saß. Er lachte wieder, klopfte sich mit einer Hand auf den Schenkel.
»Ach, ich hab's doch gesagt! Hab immer gesagt, dass mein Sohn ein Großer ist. Er ist Dario. Darius der Große.« Er beugte sich vor, um ihn zu umarmen.
»Papa ...«
»Was ist los? Darf ich etwa nicht meinen Sohn umarmen?«
»Es ist heiß ...«
Nic zog sich zurück. »Na schön, komm, dann erzähl mir was. Was machst du so? Wie sieht dein Leben aus? Hast du eine Freundin? Ist sie hübsch? Ist sie wie Flora?«, fragte er und zwinkerte ihm zu. »Willst du sie heiraten?«
»Heiraten, so ein Quatsch, ich bin sechzehn!«
»Und, was heißt das schon? Oma hat mit fünfzehn geheiratet, hast du das nicht gewusst? Gibt es dafür etwa ein bestimmtes Alter?«
»Nein, ich habe keine Freundin.«
»Na, das ist aber echt schade. Mir geht es so gut mit Flora, manchmal denke ich, ich sollte sie heiraten.«
Dario lächelte. Er betrachtete die trübgrauen Pupillen des Mannes vor sich, sie sahen aus wie Fische im Schlamm.
»Mit Mama warst du verheiratet«, sagte er.
»Ach ... na ja ... Das bin ich immer noch. Also nach dem Gesetz zumindest.« Er rümpfte die Nase. »Das *Gesetz*.«
Er machte eine abschätzige Handbewegung. Trank einen Schluck,

warf die leere Bierdose Richtung Müllsack. Die Dose schlug gegen den Tisch und fiel in die Spüle.
»Du hast recht, verdammt, ich mag die Ehe nicht. Ich bin für die Ehe nicht geschaffen. Und Flora auch nicht, uns geht's gut, so wie es ist, was, Flora?«
Er stand auf, ging zu der Frau, nahm ihr Gesicht in seine Hände und drückte ihr einen langen groben Kuss auf die Lippen, ein Kuss, der nach Rauch und Bier schmeckte.
»Los, komm her«, sagte er und breitete die Arme aus. »Komm her und gib mir einen Kuss. Küssen wir uns alle.«
In Darios Kopf drehte sich alles. Die Hitze, der Rauch, der Räucherstäbchengeruch. Er spürte, wie ihm kalter Schweiß ausbrach, sein Magen rebellierte.
»Entschuldige«, sagte er. »Ich geh mal kurz raus …« Er erhob sich. »Nur ganz kurz …«
»Jaja, okay, mach dir um mich keine Sorgen«, sagte Nic. Er sah Flora an, dann küsste er sie erneut.
Dario trat hinaus in die brennende Sonne. Er machte drei Schritte, dann riss es seinen Oberkörper vor, und er erbrach sich.
Er lehnte sich gegen einen Baumstamm. Spürte, wie sein Körper reagierte, als hätte er eine Allergie. Er hatte nur noch einen Gedanken, zu verschwinden, er wollte nur noch von hier weg, weit weg, einfach abhauen.
Aber abgehauen war er ja schon. Und war hier »Am Park« gelandet. Wo es keine Villen gab. Keine Tore mit goldenen Klingelschildern. Es gab nicht einmal einen Vater. Nur einen Lieferwagen, der so tat, als wäre er ein Haus.
Und die Sonne war da, die gnadenlos auf alles ihr unerträgliches Licht warf.

EINUNDDREIẞIG

Flora kam zurück und stellte den Leinenbeutel auf den Tisch. Sie nahm das Band aus den Haaren, die jetzt in einer grünen Lockenmähne offen über ihre Schultern herunterfielen.

»Meine Flora, die ist super«, sagte Nic und stand von seinem Sessel auf.

Dario blieb sitzen, neben Andy, der noch den Poloschläger in der Hand fest umklammert hielt, eigentlich nur einen Stock, der an einem Ende mit Paketband umwickelt war.

Sie hatten den ganzen Nachmittag auf dem Spielplatz verbracht und mit improvisierten Schlägern auf einen Plastikball eingedroschen. Dario und Andy hoch zu Ross auf dem Rakmobil, Nic in einem alten Drehstuhl mit Rollen.

Behinderte gegen die am Park: zweiundzwanzig zu neunzehn, die Behinderten hatten dank ihrer überlegenen Taktik und Anpassungsfähigkeit denen am Park eine Heimniederlage verpasst.

Die Spieler waren inzwischen in den Kabinen verschwunden und hatten Ball wie Schläger beiseitegelegt. Alle bis auf Andy, der seinen ganz fest hielt. Und er schien nicht die Absicht zu haben, ihn zurückzugeben.

»Meine Flora, die ist super«, sagte Nic noch einmal und ging auf sie zu. Er nahm den Beutel und leerte den Inhalt auf den Tisch aus.

»Wilde Artischocken«, erklärte er. »Die findet man hier überall, die ganzen Felder sind voll davon. Man muss nur die spitzen Enden und die harten Blätter abmachen.«

Flora gab die Artischocken in ein Sieb und wässerte sie. »Zehn

Minuten, dann sind sie gar. Bringt schon mal den Tisch nach draußen.«

Sie trugen den Tisch vor den Lieferwagen, gruppierten die Stühle darum und stellten auch eine von einem Generator betriebene Lampe auf den Boden.

Der Himmel verfärbte sich allmählich. Das Meer am Horizont wurde zu einer flachen, kristallblauen Linie unter der untergehenden Sonne.

Nic kam aus dem Lieferwagen und stellte eine große Schüssel auf den Tisch. Dario beugte sich vor und wollte schon danach greifen. Aber Nic hielt ihn auf. »Warte.«

Flora stand auf, breitete die Arme aus und warf den Kopf zurück.

»Danke, Mutter Erde«, sagte sie, zu laut, als dass es natürlich wirkte. »Danke für deine kostbaren Gaben.« Sie bog den Oberkörper zurück, als wollte sie ihn dem Universum darbieten. »Danke für deine Früchte, danke für deine Samen.«

»… Amen«, wiederholte Andy.

Dann setzte Flora sich an den Tisch, lächelte alle an und breitete die Arme aus. »Danke«, sagte sie noch einmal.

»Ist sie nicht echt stark?«, rief Nic. »He, Dario, ist meine Flora nicht echt stark? Weißt du eigentlich, dass Flora eine Baumfrau ist? Ich habe es dir noch nicht erzählt, weil ich wollte, dass du es von selbst merkst.« Er nickte und zog die Augenbrauen hoch. »Ganz ehrlich, das hättet du nicht erwartet, oder?«

Dario antwortete nicht, er sah Flora an, die in Frieden mit der ganzen Welt lächelte.

»Wir sind Geschöpfe, die in der Mitte zwischen Himmel und Erde leben«, sagte sie. »Zwischen dem Herzen des Menschen und der Seele der Welt.« Flora streckte die Hand mit gespreizten Fingern aus, als wollte sie allen in ihrer Umgebung die Lebensenergie da-

raus einflößen. »Wir sind Hüter des universellen Friedens und geben ihn durch unsere Baumhände weiter.«
Nic schlug mit der Hand auf den Tisch und lachte laut. »Das erste Mal, dass ich ihr begegnet bin«, sagte er und versenkte einen Löffel in der Schüssel, »das war bei einem Treffen von Baumfrauen. Weißt du eigentlich, dass es in ganz Italien nur dreißig von ihnen gibt?«
Dario schwieg weiterhin. »Ja, ich weiß, das wirkt ein wenig abgefahren, aber es ist wirklich so, genau wie sie sagt. Es gibt so viele Dinge, die wir nicht wissen, so unglaublich viel.«
Dario sah ihn an. »Zum Beispiel, warum du Mama verlassen hast«, sagte er.
Das kam einfach aus ihm heraus, war weder anklagend noch verbittert gemeint. Er sagte es einfach so, als würde er sagen, dass die Schule aus ist oder dass dieser Sommer besonders heiß werden wird.
»Ach komm, was hat das jetzt hier zu suchen ...«, meinte Nic und nahm den Löffel wieder aus der Schüssel.
Dario senkte den Blick. »Das ist eines der Dinge, die ich nicht vom Leben weiß.«
Nic tat Andy und Flora auf und stellte die Schüssel wieder vor sich hin.
»Das weißt du nicht, weil es keine Antwort darauf gibt, Dario. Warum habe ich deine Mutter verlassen? Wie soll ich wissen, warum ich deine Mutter verlassen habe?«
Dario schwieg.
»Es gibt keinen Grund. Ich habe sie verlassen, weil mir danach war, das ist alles. Was weiß ich, vielleicht war es damals in dem Moment das Richtige. Vielleicht hatte es Mutter Erde entschieden, he, Flora, was meinst du dazu?«
Er sah Flora an, doch die wich seinem Blick aus.
»Vielleicht bin ich nicht genug der Große gewesen«, sagte Dario kaum hörbar.

»Verdammt, das war doch auch für mich nicht leicht. Es war nicht leicht, einfach so zu gehen.«
Ja, Papa, ich kann mir vorstellen, das war bestimmt überhaupt nicht leicht. Aber zu bleiben, das war schlimmer. Ich und Mama sind geblieben. Und haben beide jahrelang darauf gewartet, dass wir etwas zurückbekommen, von Gott, vom Himmel, von Mutter Erde, irgendeine Entschädigung, denn wenn jemand geht, muss man doch irgendetwas dafür zurückbekommen.
Andy versuchte inzwischen, den Löffel zu greifen, ihn zu drehen und in die Suppe zu tauchen. Er versenkte ihn in der Schüssel, hob ihn wieder hoch, wobei er den Inhalt vollständig auf dem Tisch verschüttete, er lachte, gluckste, versuchte es noch einmal und lachte wieder dabei.
Dario nahm seine Hand und führte sie. Andy öffnete den Mund, ließ die Zunge kreisen und schlürfte die Suppe. *Hast du gesehen?*, sagte er, während er sie schlürfte. *Hast du gesehen, ich kann das auch. Ich kann essen wie alle anderen, mit dem Löffel, hast du das gesehen?*
Aber Dario schaute nicht zu ihm hin. Er sah hinaus in die Ferne. Sah eine Bank, eine Strandpromenade und dicke dunkle Wolken an dem beinahe violetten Himmel. Eine Frau weinte stumm inmitten vom Möwengeschrei, stumm, damit das Kind neben ihr es nicht hörte. Sie schaute hinüber zu der himmelblau-weißen Bar am Ende der Promenade und zu der langen baumbestandenen Straße, wo jemand fortging, fortging für immer, um niemals zurückzukehren.
»Na ja, hm, also, es tut mir leid, okay?«, meinte Nic. »Es tut mir leid, was soll ich noch sagen?« Er lächelte und schlug Dario freundschaftlich auf die Schulter. Dario zuckte zusammen. »Aber jetzt sind wir alle hier, oder? Und das ist das Wichtigste. Wir sind alle hier, und du kannst bleiben, so lange du willst.«
Dario antwortete ihm nicht. Er versuchte, diese Wolken zu vertreiben oder sie wenigstens bis zu der Bank hinunterzulocken, damit

sie die Frau und diese so lange Allee verdeckten, die zu leer war, um sie noch länger anzusehen.
»Hast du verstanden, Dario? Du kannst bleiben.« Nic streckte die Arme über den Tisch aus, packte Dario im Nacken und drückte ihn mit seinen kräftigen Händen. »Du bist doch mein Junge, Dario. Du bist Darius der Große.«
Dario lächelte, er nickte und sah wieder hinaus in die Ferne. Und er dachte, dass er in diesem Moment gern woanders wäre, eine Million Kilometer weit von hier, in einer anderen Welt, einer anderen Galaxie.
Zu Hause, zum Beispiel.

ZWEIUNDDREIßIG

Als sie hineingingen, war es draußen stockdunkel. Flora hatte sich früher verabschiedet und schlief schon seit ein paar Stunden. Baumfrauen gehen früh zu Bett, hatte Nic gesagt. Vielleicht wegen der Fotosynthese ...

Andy schlief ebenfalls schon, als Dario ihn in den Lieferwagen zurückbrachte. Er legte ihn auf die Matratze, die dort ausgerollt war. Schmierte ihm noch Salbe auf die Hand, auf die Wunde, die sich inzwischen geschlossen hatte. Und verließ den Wagen wieder.

»Bist du sicher, dass du hier draußen schlafen willst?«, fragte Nic.

»Ja, ja. Das ist doch nicht das erste Mal.«

Nic lächelte. »Du bist wirklich mein Sohn, was? Ein echter Freigeist. Na dann, gute Nacht.«

»Gute Nacht.«

Nic ging zu Dario, drückte ihm noch einmal den Arm und ging dann die Eisenstufen hinauf.

»Entschuldige«, sagte er und wandte sich um, als er schon an der Tür stand. »Du hast nicht zufällig was zu rauchen da?«

»Was zu rauchen?«

»Ja, was zu rauchen.« Nic führte in der klassischen Geste zwei Finger an die Lippen. »Hast du zufällig was?«

Dario schüttelte den Kopf.

»Sehr gut«, sagte Nic. »Mein Sohn ist super. Das Zeug ist auch nichts für Kinder.« Er winkte ihm zum Abschied zu und verschwand im Lieferwagen.

Nein, Gras ist nichts für Kinder. Natürlich nicht, Papa, das ist es nie

gewesen. Dario fuhr sich in die hintere Hosentasche. Aber hier habe ich was, hier ist was zu rauchen, hey, das hättest du wohl nicht erwartet, aber ich habe so was immer dabei. Dario befühlte das Plastiktütchen, das unter seinen Fingerkuppen nachgab, wie ein Geschöpf, das man nach seinem eigenen Bild formen konnte.
Und dann sah Dario sich selbst vor sich, wie er mit dem Vater im Wagen kiffte, mit dem Sixpack Bier und der Schüssel mit den wilden Artischocken auf dem Tisch. Und er spürte Widerwillen bei der Vorstellung, mit seinem Vater zu kiffen, eigentlich ganz allgemein mit jemandem wie Nic zu kiffen, ob er nun sein Vater war oder nicht, denn jemanden wie Nic hätte Dario sich nicht in einer Million Jahren ausgesucht, um mit ihm was zu rauchen.
Er breitete sich eine Decke auf den Liegestuhl und legte sich dann hin. Schloss die Augen. Man hörte noch die Möwen schreien. Die Wolken hatten sich ein wenig herabgesenkt.
Er schlief sofort ein.

Dario wurde durch ein Geräusch geweckt, einen metallischen Klang, der von fern aus dem Wald kam und zwischen den Bäumen widerhallte.
Er öffnete die Augen, blieb liegen und lauschte. Es klang wie eine Trompete.
Er sah hinauf zum sternengetüpfelten Himmel. Die Bäume um ihn herum, reglos und farblos, wie entrückt. Diese Trompete war in Abständen zu hören, zerrissene, unregelmäßige Töne. Wer spielte da mitten in der Nacht mitten im Nirgendwo Trompete?
Dario stand auf, lief über die Wiese bis zum Straßenrand. Er sah nach beiden Seiten, das Transformatorenhäuschen ganz hinten lag im Dunkel, die Ampel blinkte mit ihrem einen Auge in der Nacht.
Der Wind fegte mit leichten, längeren Stößen über die Straße. Jetzt war die Trompete nicht mehr zu hören.

Ein Vogel krächzte, und ein Wagen passierte die Straßenkreuzung. Dario drehte sich um und trat den Rückweg an. Da hörte er ein scharfes Bremsen und einen dumpfen Aufprall. Danach Stille, in der nur das Geräusch eines laufenden Motors zu vernehmen war.
»Hey!«, schrie Dario laut. Keine Antwort. »Alles in Ordnung?« Stille. Nur der Motor im Leerlauf. Bedrückende Dunkelheit.
Dario lief los, erreichte die Kreuzung und lief um die Ecke die abschüssige Straße entlang.
Dort stand ein Wagen, mit aufleuchtenden Rücklichtern, zwei rote Punkte inmitten der beinahe schwarzen Landschaft.
»Hey!«, rief er noch einmal.
Der Wagen fuhr schnell an. Und verschwand in der Nacht.
Dario kniff die Augen zusammen, um besser sehen zu können. Auf der Straße lag etwas, ausgestreckt, dunkel und reglos.
Er näherte sich. Es war ein Vogel, einer mit so langen Beinen, ein Reiher oder so was in der Art.
Dario beugte sich über ihn, streckte eine Hand nach ihm aus, der Vogel bewegte die Beine, breitete die Flügel aus, schlug mit ihnen durch die Luft und auf den Asphalt.
»Ganz ruhig«, sagte Dario. Er legte seine Hände um das Tier und streichelte dabei die weichen, sehr glatten Federn. Der Vogel wurde ruhig. Er hob den Hals, reckte ihn.
Im gleichen Moment kam ein Auto die Straße herunter und fuhr über die Kreuzung.
Dario sprang auf.
»Hey!«, rief er laut und winkte heftig. »Stehen bleiben! Halt!«
Das Auto hielt an.
»Was ist passiert?«, fragte eine Frau, während sie die Seitenscheibe herabließ.
»Ein Vogel. Der wurde gerade angefahren.« Dario kauerte sich wieder über den Vogel.

Die Frau stieg aus dem Wagen, kam näher und blieb bei ihm stehen. Vor ihm erhob sich ein bodenlanges himmelblaues Gewand.
Dario schnellte hoch.
Die Nonne lächelte ihn an. »Ist er verletzt?«
»Ja, ich glaube schon«, antwortete Dario. »Wahrscheinlich hat er sich was gebrochen.«
Die Nonne nahm den Reiher, hielt ihn mit ihren leichten, knochigen Händen hoch und sah ihn sich genau an. Sie hatte ein sanftes Gesicht mit fein geschnittenen Gesichtszügen. Und zwei bernsteinfarbene Augen.
»Hm, ja, er hat sich einen Flügel gebrochen«, meinte sie. Sie strich dem Reiher vorsichtig über den Rücken. »Kennst du einen Tierarzt hier in der Nähe?«
Dario schüttelte den Kopf. »Nein, ich wohne nicht hier. Ich bin nur zu Besuch ... bei Freunden.« Er sah zu Boden.
»Verstehe«, sagte die Nonne. »Also, der hier braucht medizinische Hilfe.«
»Können Sie sich nicht darum kümmern?«
Die Nonne sah ihn an. Mit einem klaren, offenen Blick, der ihn in Verlegenheit brachte.
»Ja, sicher, ich kümmere mich darum.« Sie setzte den Vogel auf dem Boden ab. »Halt ihn fest, ich hole eine Decke, in die wir ihn einwickeln können.«
Die Nonne ging zu ihrem Wagen zurück und öffnete die Heckklappe.
Ein großes, rundes Reiherauge starrte ihn an, verdrehte sich ruckartig.
»Ganz ruhig«, sagte Dario. Er drückte den Vogel an sich, als wollte er ihn in Schlaf wiegen. Spürte den Schlag des kleinen Herzens in der weichen Federbrust. Der Reiher wehrte sich nicht.
»Bring ihn her zu mir!«, rief die Nonne.

Sie betteten den Vogel in eine Decke zwischen eine Tasche mit Aprikosen und einen Korb mit Wollknäueln.
»Vorsichtig. Sehr gut. Geschafft. Du kannst gut mit Tieren umgehen, weißt du das?«
Dario grinste. »Ja, besser mit Tieren als mit Menschen.«
»Ach, da gibt es keinen großen Unterschied«, meinte die Nonne. »Menschen sind ebenfalls zerbrechliche Wesen. Und auch sie brechen sich manchmal die Flügel.«
Dario entfernte sich ein wenig vom Wagen. »Ich kenne auch jemanden«, sagte er. »So einen Menschen, meine ich. Mit gebrochenen Flügeln. Den hat man in einen Rollstuhl gesetzt.«
»Kümmerst du dich um ihn?«
»Nein, er wird betreut, zu Hause wie in der Schule. Obwohl er von einer blöden Kuh betreut wird, die ...«, er verstummte und sah die Nonne an. »Entschuldigen Sie ...«
»Ach was«, sagte sie. »Der hat Glück, so einen wie dich zum Freund zu haben.«
Dario sah zu Boden. »Nein, das stimmt nicht. Er dürfte gar nicht hier sein. Ich habe ihn einfach mitgenommen.« Die Nonne sagte nichts darauf. »Ich weiß auch nicht, warum.«
Der Reiher zuckte auf. Er öffnete den Schnabel und hob den Kopf, streckte einen Flügel aus der Decke, in die er eingewickelt war.
Die Nonne legte den Flügel sanft wieder an den Körper an. »Mach dir keine Sorgen«, sagte sie zu Dario. »Ich kümmere mich um ihn. Kümmere du dich um deinen Freund und tu, was du für richtig hältst.«
Sie schloss die Heckklappe mit einem lauten Knall.
Was du für richtig hältst. Kann mir jemand mal sagen, was das Richtige ist?
»Du wirst schon sehen, wenn du darüber nachdenkst, weißt du es«, meinte die Nonne. »Ich glaube, du hast mehr drauf, als du selbst denkst.«

Sie lächelte. Dario streckte ihr die Hand hin, doch dann zog er sie wieder zurück. Wie verabschiedete man sich eigentlich von einer Nonne?
»Danke, dass Sie angehalten haben«, sagte er schließlich.
»Danke, dass du bei ihm geblieben bist.«
Die Nonne stieg in ihren Wagen und fuhr los.

Als Dario zum Lieferwagen zurückkam, schlief Andy ruhig auf der Seite, die dünnen Beine auf der Matratze angezogen.
Dario beugte sich über ihn, nahm dessen Arm auf, dünn und zerbrechlich wie ein Reiherflügel, der zu Boden geglitten war, und legte ihn ihm an die Brust.
Dann streckte er sich neben Andy aus.

DREIUNDDREIẞIG

Der Lieferwagen hielt auf dem Bahnhofsvorplatz. Obwohl die Sonne schon hoch am Himmel stand, war die Luft noch frisch und kühl.

Nic schaltete den Motor aus und drehte sich zu den hinteren Sitzen um.

Andy lächelte. »Hause ...«, sagte er

»Genau«, erwiderte Nic. »Nach Hause«. Er stand auf und ging zu Dario. Beugte sich über ihn, rüttelte ihn an der Schulter.

»Er ist eingeschlafen«, erklärte er und zwinkerte Andy zu.

Dario öffnete die Augen. »Sind wir schon da?«

»Hause ...«, wiederholte Andy.

Dario stand auf, nahm seinen Rucksack und öffnete die Heckklappe.

»Also, ich muss euch wohl nicht hinbringen«, meinte Nic. »Du kennst ja den Weg.« Er sah zu Dario, der Andy im Rollstuhl festschnallte. »Bist du sicher, dass du nicht noch eine Weile bei uns bleiben willst? Weißt du, Flora ist einverstanden, wir haben gestern Nacht darüber geredet. Auch zusammen mit deinem Freund, wenn du magst.«

»Nein, vielen Dank«, sagte Dario. »Andy ist schon zu lange von zu Hause weg.« Er verzog den Mund zu einem schiefen Grinsen. »Die flippen sowieso schon alle aus.«

Nic lachte. »Da hast du ja was Schönes angestellt, was? Mein Sohn ist echt stark. Genau wie sein Vater.«

»Los, hilf mir mal«, sagte Dario.

Sie hoben Andy auf die Straße.
Andy lachte. »Üss«, sagte er zu Nic und hielt ihm die Hand hin.
»Oh ja, tschüss«, erwiderte Nic und drückte sie fest. Er richtete sich wieder auf, betrachtete Dario und umarmte ihn. So blieb er kurz stehen und atmete tief durch. »Es tut mir leid«, sagte er dann. »Es tut mir leid, wenn ich nicht der bin, den du erwartet hast.«
Dario rührte sich nicht. Wartete, dass Nic ihn losließ.
»Also«, meinte Nic. »Dann grüß mir die Mama ... Oder nein ... besser nicht ... Also, mach das, wie du denkst.« Er trat einen Schritt zurück.
Dario startete den Motor des Rollstuhls. »Ciao, Papa«, sagte er.
Er sah ihn an. Ein letztes Mal.
Und fuhr weg.

Den Kopf voller Gedanken, ratterte er die baumbestandene Allee den Hügel hinauf. Ein Meer voller Gedanken, in dem unerwarteterweise sein Vater die geringste Rolle spielte. Als ob er nie existiert hätte, als ob der Spielplatz am Park, Flora, der Lieferwagen, das alles nur ein Traum gewesen wäre, etwas aus einer fernen Zeit, eine Geschichte, die er vor Jahren in einem Buch gelesen hatte, die die Zeit in seiner Erinnerung fast ausgelöscht hatte. Und während er die Allee entlangknatterte, die zur Schule führte, war ihm, als würden einige Seiten aus diesem Buch mit dem Wind davonflattern, nach oben, über die Bäume hinweg und dann Richtung Meer.
Er betrat die Schule, fuhr den Rollstuhl die Rampe hoch, klopfte an der Tür des Direktors.
Dario ging hinein. Sagte nichts. Sah zu, wie der Direktor aufstand, blass wurde, sich am Schreibtischrand abstützte.
Und die Erschöpfung schwappte über ihn hinweg wie eine Flutwelle.

VIERUNDDREISSIG

Es stimmte, Dario drohte ein Aufenthalt in der Jugendstrafanstalt. Aber das wusste er, das war unvermeidlich, das hatte er erwartet.

Und es war ihm scheißegal.

Auch jetzt noch, als er vor dem Direktor in dessen Büro saß, das nach Zigarre, altem Mann, nach Schatten und unausgesprochenen Drohungen roch, auch jetzt, vor allem jetzt, kümmerte ihn das nicht.

Alle hatten sich in diesem Raum versammelt, der Direktor, seine Vertretung, die Delfrati, die Schulpsychologin, die Sekretärin, diese Hyäne, und der Hausmeister, sogar der, und der grinste ihn unter seinem Schnauzbart höhnisch an, als sei jetzt für alle endlich der Tag der Abrechnung gekommen. Die Einzige, die noch fehlte, war Elisa mit ihrem rundlichen Gesicht und ihrem unerträglichen Lächeln. Elisa – das wusste Dario noch nicht – arbeitete jedoch nicht mehr dort.

Und Andy war da, Andy und seine Eltern. Dario hatte ihnen nicht ein einziges Mal ins Gesicht gesehen. Hielt den Kopf gesenkt, seit er das Zimmer betreten hatte, starrte nur auf seine Schuhe. Er hatte sich hingesetzt, mehr nicht. Was sollte es schon bringen, sie alle anzusehen? Er wusste genau, was sie gerade dachten, und sie hatten ja recht, denn er dachte genauso über sich.

Aber es war ihm egal.

Er sah nicht einmal auf, als der Direktor ihn schüttelte, als wollte er die Früchte von einem Apfelbaum herunterholen. »Was sollen wir nur mit dir machen?«, schrie er.

»Was sollen wir machen?«, wiederholte die Delfrati wie ein Echo. Wie Kater und Fuchs aus Pinocchio wirkten sie. Was könnt ihr schon machen? Holt meinetwegen noch Geppetto dazu, Feuerfresser, ruft, wen ihr wollt, mir doch egal.

Andy verdrehte die Augen, war viele Tausend Kilometer weit weg, wie immer, weg von all der Scheiße. Dario starrte ihn an und dachte: Du bist echt stark, Andy, du bist wirklich stark. Vielleicht könnte ich auch so sein. Alles, was passiert, so sehen, als wäre es ein Film, wie etwas, das vor dir abläuft und das du lächelnd aus der Entfernung vom Sessel aus betrachten kannst.

Also, Andy, wie gefällt dir der Film?

Weiß nicht, hat ja gerade erst angefangen.

Also ich, ich habe ihn schon gesehen. Tausend Mal.

Ach wirklich, und wie geht er aus?

Ganz bestimmt ohne Happy End. Du weißt schon, wo sie mich hinschicken, oder?

Nein, wo schicken sie dich denn hin?

In den Jugendknast.

Und was ist das?

Ein Ort, wo sie so schräge Typen wie Dario wieder geradebiegen.

Schräge Typen? Dann schau ich auch mal vorbei, vielleicht kriegen die mich auch wieder hin.

Dich? Was für ein Quatsch? Du bist doch genau richtig, nicht so daneben wie wir alle!

Ach komm, ich bin auch schräg. Siehst du das nicht ...?

Andy beugte sich vor, streckte dabei den Arm ein wenig vor den Rollstuhl.

»Oh mein Gott«, rief jemand. »Er hat den Arm bewegt.«

»Den Arm?«, fragte jemand anderes zurück.

»Den Arm. Gerade eben.«

Ja, gut beobachtet, er hat den Arm bewegt, und die Hände kann er auch bewegen, wenn es euch darum geht. Super, ich habe ein Wunder gewirkt, wie der heilige Franz von Assisi. Aber vielleicht, keine Ahnung, vielleicht konnte er das schon vorher, und ihr habt es bloß nicht mitbekommen. Was weiß denn ich? Ich bin bloß die Niete, derjenige, der nichts auf die Reihe bekommt, so kennen mich ja alle, stimmt's?

Jemand rannte aus dem Raum, andere Leute kamen rein, Andy wurde weggebracht.

Tschüss, Dario, sagte Andy, während er an ihm vorbeifuhr, *wir sehen uns bald wieder.*

Nein, Andy, das glaube ich nicht. Ich glaube kaum, dass wir uns noch mal wiedersehen.

Die Tür schloss sich wieder. Im Zimmer blieben nur noch Dario und der Direktor zurück.

Der Mann atmete einmal tief durch, kehrte an seinen Schreibtisch zurück.

»Sehr gut«, sagte er und verschränkte die Hände.

Dario grinste. Lieber Direktor, hören Sie auf mich, sparen Sie sich die Worte. Was soll sich schon ändern? Egal, was Sie sagen oder was Sie tun, ich werde immer eine Niete bleiben, stimmt's? Das haben Sie mir doch beigebracht. Ganz ehrlich, ich meine es nicht böse, aber all das, was Sie sagen und was Sie tun, mein lieber Herr Direktor, geht mir glatt am Arsch vorbei.

FÜNFUNDDREIßIG

Dario sagte nichts, aß nichts, kam tagelang nicht aus seinem Zimmer, monatelang, jahrelang, wer konnte das schon sagen, wie bemisst man die Zeit, wenn man sich in seinem Zimmer verkriecht?
Seine Mutter klopfte, kam rein, stellte das Tablett auf einen Stuhl, ging wieder. Und hinter der Tür hörte Dario sie schluchzen.
Dario. Darius der Große. Wäre er wirklich der Große, wäre das alles nie passiert. Wäre er wirklich der Große, wäre Dario nie so abgehauen. Und wenn doch, wäre er niemals zurückgekommen.
Wenn er wirklich der Große gewesen wäre.
Aber selbst darüber war er sich nun nicht mehr sicher. Eigentlich wusste er überhaupt nicht, wer oder was groß war oder nicht. Größe ist nichts, wofür man sich entscheiden, was man erklären oder am Reißbrett planen kann. Man kann niemanden bitten, groß zu werden, wenn einer groß ist, dann ist er es eben und Schluss. Es gibt nicht für alles ein Warum, oder? Warum ist Papa gegangen? Es gibt nicht für alles ein Warum.
Und doch gab es da ein Warum, das ihn weiterhin beschäftigte. Und ihm im Kopf herumschwirrte wie eine Fliege im Glas. Warum hatte Mama es ihm nicht gesagt? Warum hatte sie ihm nicht gesagt, wie die Dinge wirklich gelaufen waren? Dass es weder seine Schuld war und auch nicht ihre, sondern die von Papa, und zwar nur von ihm? Dass der beschlossen hatte abzuhauen, einfach so, wie ein Dieb, der in ein Haus einbricht und dann viel mehr mitnimmt, als in eine Tasche passt. Warum hatte Mama ihm das denn nicht gesagt?

Wieder ein Morgen. Dario trat den Stuhl mit dem Fuß weg. Er drehte sich um, starrte die Decke an und darauf den Riss, der bis zum Fenster verlief. Er drehte sich auf die andere Seite. Und dann war es Abend.

Dario sagte nichts. Schlüpfte in die Schuhe, ohne sie zuzubinden, und stapfte durch das Wohnzimmer. Er hörte, wie seine Mutter ihm hinterherlief, ihn beim Namen rief, etwas schrie. Er ging durch die Tür auf die Straße und fing an zu rennen, die Allee entlang, zwischen den Autos hindurch, die ihn anhupten und hinter ihm zurückblieben.

Erst als ihm die Luft ausging, wurde er langsamer, bewegte sich nur noch im Schritttempo vorwärts, die Gedanken trieben seine Beine an, heftige Gedanken, flammend rot, unbändig zornig.

Er nahm die Straße den Hügel hinauf, lief bis ganz nach oben.

Dort blieb er stehen. Holte Atem.

Es lag eine merkwürdige Ruhe über dieser Wolke aus Grün. Die Stadt schwebte knapp darunter, fern, still, von einer dünnen Decke aus Licht wie mit Frischhaltefolie für tiefgekühlte Lebensmittel umhüllt. Eine tiefgefrorene Stadt in einer durchsichtigen Blase, die dort war, wo sie hingehörte. Unschuldig. Dieses eine Mal. Harmlos.

Sein Herz schlug langsamer, eins ... zwei ... eins ... zwei ... und dann wieder im normalen Takt.

Eins ... zwei ...

Eins ... zwei ...

Dario schloss die Augen. Atmete tief durch. Er öffnete sie und fand sich wieder in einem hellen, weichen Licht und in einer Luft, die so leicht wirkte, als könnte sie einen tragen.

Er kletterte auf das Mäuerchen, das den Hügel vom Nichts darunter trennte.

»Tu es, Dario, tu es.« Die Stimme seines Vaters schien aus der warmen Lichtblase aufzusteigen, die die Stadt umschloss. »Tu es, frag dich nicht nach dem Warum. Es gibt kein Warum, es gibt nicht für alles ein Warum.«

Dario sah auf in die Wolken, und das Gesicht seines Vaters formte sich darin, eine Rauchwolke an einem leeren Himmel.

»Soll ich es tun? Wirklich? Willst du, dass ich es tue, Papa?«

»Ja, Dario, tu es, worauf wartest du noch? Was hast du schon zu verlieren?«

Dario bewegte sich nicht.

Sein Vater breitete die Arme aus, lächelte, komm, rief er in den auffrischenden Wind hinein.

Dario musterte ihn, starrte ihm in diese leeren Augen aus Luft und Nichts. »Ich bin nicht wie du«, sagte er schließlich.

Das Bild zitterte einen Augenblick lang in der Luft, dann löste es sich auf, um sich gleich darauf wieder neu zu formen.

»Ich bin nicht wie du, Papa. Weißt du nicht mehr? Ich bin Dario, Darius der Große. Du hast mich selbst so genannt.«

Wind, zitternder Dunst, Stille, leerer Himmel.

Dario kletterte von dem Mäuerchen hinunter.

»Weißt du, was ich dir sage?« Er holte tief Luft. »Verpiss dich!«

»Aber … Dario … Ich bin dein Vater …«

»Verpiss dich trotzdem. Übrigens …« Er steckte die Hand in seine Tasche, holte das Plastiktütchen heraus. »Ich hatte etwas Gras, Papa. Siehst du, hier, ich hatte was zu rauchen. Willst du?« Er nahm eine Prise und warf sie in die Luft. »Hier, hol es dir!«

Das bräunliche Gras verteilte sich, der Wind wirbelte es auf und trug es davon.

»Da, nimm, ich hab noch mehr davon, ich habe einen Haufen Gras, nimm es doch, du hast dir ja schon alles andere geholt.« Er warf noch eine Prise in die Luft. Und noch eine. Und noch eine.

Während das Gras in den Himmel hinaufschwebte und in der Ferne über der Stadt verschwand, war es Gras, Wut, der ganze Scheiß; es war sein Vater und Flora mit den grünen Haaren, Elisa, es war die Schule, der Direktor und der Jugendknast, die Delfrati und Dario-die-Niete und all die Dinge auf der Welt, die nicht Dario waren. Dario, der echte Dario, stand hier, auf dem Hügel hinter diesem Mäuerchen. Der Rest war nichts, nur Leere, Scheiße, einfach Scheiße, die sich wie brauner Schnee über eine tiefgefrorene Stadt verteilte.

Als er wieder nach Hause kam, wartete seine Mutter am Fenster. Dario blieb im Flur stehen, betrachtete sie, schaute seine zerbrechliche, von der Zeit ausgezehrte Mutter genau an, die Einzige, die hier bei ihm war, jeden Tag, immer, die Einzige von allen.

»Dario«, sagte sie.

Er senkte den Kopf, ließ sich berühren, wie ein Hund, der die Freundschaft eines Fremden akzeptiert.

»Ich habe mir solche Sorgen um dich gemacht«, sagte sie, als sie ihn in ihre Arme schloss. Sie krallte die Fäuste in sein T-Shirt.

»Ich weiß, Mama. Entschuldige bitte.« Er öffnete den Mund, schloss ihn wieder. »Ich war bei Papa«, sagte er dann. »Weißt du, dort, wo er jetzt lebt. Zusammen mit Flora.«

Seine Mutter sagte nichts. Sie erstarrte kurz, während sie ihn noch umarmte. Dann wich sie einen Schritt zurück, betrachtete ihn mit geweiteten Augen und schlug die Hände vor den Mund.

Warum hast du es mir nicht gesagt?, dachte Dario. Er sah ihr direkt in die Augen, die Postkarte fest in der Hand. Warum hast du es mir nicht gesagt? Dass nicht ich schuld war, sondern Papa, dass hier alles kaputtging? Warum hast du es mir denn nicht gesagt?

Darios Mutter nahm seine Hand, umschloss sie langsam mit den Fingern. Die Postkarte wurde wie ein altes, unnützes Blatt zerknüllt.

»Wie hättest du das verstehen sollen, du warst doch noch so klein«, sagte sie und trocknete ihm die Wangen.

SECHSUNDDREIẞIG

Das Telefon klingelte wieder. Seine Mutter hatte hinlaufen müssen und dabei den Herd angelassen.

Als sie zurückkam, stand Dario in der Küche, hatte sich einen Ofenhandschuh übergezogen und schüttelte die Pfanne so kräftig, als wollte er Erbsen hageln lassen.

»Was machst du da?«, hatte sie ihn lachend gefragt.

»Woher soll ich das denn wissen? Ich wollte einfach nicht, dass was anbrennt.«

Seine Mutter bekam sich gar nicht mehr ein, sie lachte geschlagene zwei Minuten lang. »Gib schon her, ich mache das«, sagte sie schließlich.

Nun saß Dario im Wohnzimmer und wartete. Er klopfte mit einem Fuß auf den Teppich und gleichzeitig mit einer Hand auf den Oberschenkel.

Warum war er eigentlich so nervös? In seinem ganzen Leben waren ihm Besuche immer herzlich egal gewesen. Mehr noch. Wenn irgend so ein Trottel vom Dienst mit Blumen und Kuchen angetanzt kam, hatte er sich immer verkrümelt.

Nur, dass er heute nicht den üblichen Trottel vom Dienst erwartete.

Die Türklingel ging, seine Mutter öffnete.

»... Ario!«, rief Andy laut.

Dario stand auf.

»Hallo, du rasender Idiot«, sagte Dario und ging ihm entgegen.

»... Asende Idio ...«, wiederholte Andy und riss den Mund weit auf.

Er kam rein und hielt vor ihm an.

»Ein neuer Rollstuhl?«, fragte Dario und ging vor ihm in die Knie. »Wow. Warum hast du einen neuen bekommen?«

Weil ich den selbst fahren kann, antwortete Andy.

Er machte ein Geräusch, das wie ein Furz klang, drückte auf einen Hebel auf der Armlehne, und der Rollstuhl fuhr im Kreis. Er riss den Couchtisch mit, den Sessel und den Korb mit den Zeitungen.

»Andy! Andy!«, rief seine Mutter. »Andy ...« Sie packte ihn am Arm. Andy nahm die Hand vom Hebel, und der Rollstuhl blieb stehen. Er manövrierte ihn zur Seite, dann nach vorn, fuhr ganz langsam und hielt vor Dario an.

Na? Was sagst du?

Hm, mit dem Teil kannst du 'ne Menge anstellen.

Genau. Ein Geschenk von Papa.

Also kein Rakmobil mehr?

Nein, das brauche ich nicht mehr.

Aber schön war's schon damit, oder?

Wunderschön. Und was ist mit dir?

Nichts. Das Übliche eben.

Was ist mit dem Jugendknast?

Nein, da muss ich nicht hin. Frag mich nicht, warum, das weiß ich selbst nicht.

Schade, du hast dich doch so darauf gefreut.

Na, es ist ja noch Zeit, vielleicht nächstes Jahr.

»Hallo, Dario.«

Dario sah hoch. »Guten Tag«, sagte er und schnellte hoch.

Zwei lebhafte dunkle Augen sahen ihn an. Andy und sein Vater sahen sich unglaublich ähnlich. Dario schüttelte die Hand, die der Mann ihm entgegenstreckte.

»Wir haben uns einander noch nicht vorgestellt. Wenigstens nicht offiziell.«
»Nein …«
»Hör mal«, sagte der Mann und wandte sich um zu seiner Frau, die mit Darios Mutter sprach. »Kann ich mich kurz mit dir unterhalten?«
»Sicher. Schießen Sie los.«
»Nicht hier.«
»Gehen wir in mein Zimmer?«
»Ausgezeichnet.«
Sie gingen in Darios Zimmer und schlossen die Tür hinter sich.
Mit einem schnellen Blick sah Andys Vater sich um: Auf dem Boden lagen eine Hose, ein Paar noch zugeschnürte Turnschuhe, ein auf links gedrehtes T-Shirt und ein Tablett mit einem leeren Teller.
»Es ist ein bisschen unordentlich hier«, sagte Dario und rieb sich verlegen den Nacken.
»Das macht nichts. Hör mal, Dario, zu dem, was passiert ist …« Der Mann sah ihm direkt in die Augen, als würde er tief dort drinnen etwas Verborgenes suchen. »Ich weiß nicht, was du mit Andy angestellt hast, als ihr weg wart …«
Dario fühlte sich, als hätte ihm jemand die Faust in den Magen gerammt. »Ich habe gar nichts mit ihm angestellt …«, sagte er. Er wich einen Schritt zurück und lehnte sich an die Tür. »Ich schwöre Ihnen, ich habe ihm nichts getan …«
»Nein, nein, reg dich nicht auf«, unterbrach ihn Andys Vater. Er hob beschwichtigend beide Hände. »Das habe ich nicht gemeint, ich weiß, dass du ihm nichts getan hast.« Er lächelte, ging zum Bett und setzte sich. »Nein, ganz im Gegenteil.« Dann schwieg er einen Moment.
»Hast du Andy gesehen?«, sagte er schließlich. »Hast du gesehen, wie er spricht, wie er antwortet, wie er sich bewegt? Bevor du kamst,

hat er nichts davon getan. Ich weiß nicht, wie du das geschafft hast, aber du hast in vier Tagen geschafft, was niemand geschafft hat, seit Andy im Rollstuhl sitzt.« Der Mann stand auf und ging zum Fenster. »Deswegen, Dario, was auch immer du mit Andy gemacht hast, ich möchte nicht, dass du damit aufhörst.« Er wandte sich um, sah Dario mit einem merkwürdigen Blick an, stark und entschieden und gleichzeitig sanft, warmherzig, entgegenkommend; vielleicht, wie ein Vater seinen Sohn ansieht. »Ich möchte, dass ihr beide euch weiter trefft.«
Dario stieß einen Seufzer der Erleichterung aus. Wow, wer hätte das gedacht?
»Versteh mich richtig. Ich bitte dich nicht, dass du ihn betreust oder ihn pflegst, nur, dass ihr euch trefft. Dass du ein bisschen Zeit mit ihm verbringst, dass ihr zusammen seid, wie auf eurem Ausflug.«
Dario sah ihn sprachlos an. »Dario, ich komme mir ein bisschen blöd vor, dir so was zu sagen, also, wenn du mir ein Zeichen geben könntest ...«
»Nein ... ja ...«, stammelte Dario. »Entschuldigen Sie, damit habe ich nicht gerechnet.«
»Ehrlich gesagt, ich auch nicht. Weißt du, dass Anna vor Wut außer sich ist? Meine Frau, also die ist stinksauer. Und weißt du eigentlich, dass du dir fast eine Anzeige eingefangen hättest, Dario, also eine von den richtig ernsten, Dario, die dich ins Gefängnis bringen können?«
»Ich weiß. Es tut mir leid.«
Andys Vater sah ihn an, er grinste. »Nein, das stimmt nicht«, erwiderte er. »Ich glaube, ihr habt eine Menge Spaß gehabt.«
»Hm ... ehrlich gesagt ...«
Der Mann lachte und legte sich die Hand in den Nacken. »Siehst du, genau darum geht es. Genau das meine ich, Dario.« Er setzte sich wieder hin und schüttelte den Kopf. »Du hast eine Gabe, verdammt,

ein wirklich großes Talent. Und das Schöne daran ist, dass du es nicht einmal weißt. Man hört ab und zu von Menschen, die etwas können, wovon andere nicht einmal zu träumen wagen, Menschen mit einem Talent, was weiß ich, für Musik, für Kunst, für Mathematik. Also, ich glaube, dass du zu denen gehörst. Ich glaube, du hast ein Talent für Menschen. Für Menschen wie Andy.«

Dario schüttelte ungläubig den Kopf. »Und ich habe gedacht, Sie wollten mich jetzt zusammenfalten …«

Der Mann lachte. »Ja, daran habe ich auch erst gedacht. Hör zu, machen wir es einfach so: Ich falte dich nicht zusammen, wie du es nennst, und du denkst über das nach, was ich dir gerade gesagt habe.«

»Sind Sie sicher?«, fragte Dario. »Ich weiß nämlich nicht, ob der Direktor …«

»Den Direktor lass meine Sorge sein, mit dem habe ich schon gesprochen.«

»Und für ihn geht das in Ordnung?«

Andys Vater zog die Augenbrauen hoch. »Also, wirst du darüber nachdenken?«

Andy gluckste im Wohnzimmer.

»Nicht nötig«, sagte Dario. »Das habe ich schon.«

Der Mann lächelte. »Wunderbar.« Er streckte Dario die Hand hin.

»Klopf, klopf … Darf ich kurz stören?« Darios Mutter öffnete die Zimmertür einen Spalt. »Andy hat Hunger, ich habe eine Kleinigkeit vorbereitet.«

»Oh, ein kleiner Snack«, rief Andys Vater und stand vom Bett auf. »Also, ich könnte auch etwas vertragen.«

Sie gingen ins Wohnzimmer zurück, wo Andy schon am Tisch saß.

Dario, wo warst du?, fragte Andy. *Ich warte schon eine Stunde auf dich. Hier gibt es Kuchen.*

Dario sah ihn an.

Was ist los?

Nichts. Ich habe nachgedacht.

Worüber?

Über etwas, was ich tun soll. Aber ich weiß nicht, ob ich das kann.

Hm, mach es einfach, ich helf dir schon dabei.

DANKSAGUNGEN

Diese Geschichte habe ich mir nicht ausgedacht. Es ist die Geschichte von Andrea, seiner Behinderung und seinen enormen Fortschritten, Ergebnis eines mutigen und klugen pädagogischen Weges; es ist die Geschichte von seiner Lebenslust, seinem eisernen Willen, sich selbst und den anderen zu beweisen, dass es bei einer Behinderung keine starren Grenzen gibt - und diese jedenfalls dehnbar sind. Gleichzeitig ist in dieser Geschichte, wie in allen wahren Geschichten, die in Büchern zu lesen sind, vieles erfunden. Einige der beschriebenen Ereignisse sind nie geschehen oder haben nur als Anreiz gedient und wurden zugunsten der Erzählung umformuliert. Reine Erfindung ist zum Beispiel die Figur des Dario - na ja, eigentlich hat Dario viel Autobiografisches, und daher ist er doch nicht komplett erfunden.

Es gibt viele Menschen, denen ich aus verschiedenen Gründen für das danken möchte, was sie zu diesem Buch beigetragen haben. Da wäre zunächst Andrea, den ich durch die Erzählungen von Fabiola kennengelernt habe, durch Filmaufnahmen, Fotografien, und der mir seine unglaubliche Energie und seinen Lebenswillen vermitteln konnte. Fabiola mit den großen Augen und dem aufmerksamen Blick, ohne deren Hilfe es mir vermutlich nie gelungen wäre, zu begreifen, was Behinderung bedeutet, und davon zu erzählen. Nicoletta, meine Muse im Leben und meine erste Leserin, die mir auf die Finger klopft, wenn ich zu weit aushole, zu unklar oder langweilig werde; Matteo, ein rebellischer und lebhafter Fünfzehnjähriger, dessen schulische Laufbahn mehr als eine Anregung für diese Geschichte geliefert hat; seine ehemalige Mathematiklehrerin (im Buch die Delfrati), weil sie mir gezeigt hat, wie eine Lehrerin nie sein sollte. Danke auch an Ronan Byrne, Galway (Irland) – thank you, Ron –, dem ich die Figur des Rak verdanke, samt Haus und Garten; Lodovica, ein ganz besonderer Mensch, die als Erste an dieses Buch geglaubt hat; und schließlich danke an Rosa, meine tapfere Lektorin, die mir immer mit einem Lächeln ihre geduldige und wertvolle Arbeit geschenkt hat.

NACHWORT

Die Grenze versetzen

Als ich Andrea kennengelernt habe, war er ein zerbrechlicher Junge, der für alles auf Hilfe angewiesen war, und er war eingebettet in einen schützenden Panzer, der ihn von allen Gefahren abschirmte.

Trotzdem haben wir in der pädagogischen Beziehung mit ihm nie etwas als gegeben hingenommen, angefangen von seinem Profil als »Mensch mit schwerer Behinderung«, das uns in der Wahl eingeschränkt hatte, welchen Weg wir mit ihm gehen wollten und den wir jedes Jahr zusammen weiterentwickelt haben. Bei der Planung seiner Lernaktivitäten, die gemeinsam mit seinen Mitschülern stattfanden, haben wir versucht, jeden Tag etwas Neues, Überraschendes zu schaffen, das ihn weiterbringen und in die Lage versetzen sollte, das Beste innerhalb seiner Möglichkeiten zu geben und sich in einen Schulalltag zu integrieren, ebenso wie einen Raum, um andere kennenzulernen und sich von anderen kennenlernen zu lassen.

Andrea gehörte zu den Menschen, bei denen man sich aufgrund ihrer offensichtlichen Behinderung sehr leicht täuschen kann und deshalb die Ansprüche an sie niedriger ansetzt, um die vielen »Unzulänglichkeiten« auszugleichen. Ohne über die eigenen Vorstellungen, über den Tellerrand zu sehen. Unser gemeinsamer Weg hat gezeigt, wie es Andrea gerade in diesem *Über-den-Tellerrand-Sehen* geschafft hat, Selbstvertrauen und Begeisterung zu entwickeln und

den Willen, über sich hinauszuwachsen. Damit war es ihm möglich, die Grenzen der eigenen Behinderung neu zu definieren.
Auch zwei Jahre nach seinem Tod lebt Andrea in mir weiter als ein großartiges Beispiel – vielleicht sogar das großartigste – für jemanden, der niemals aufgibt, der immer weitermacht, selbst wenn die Erfolge sich nicht so leicht einstellen.
Die Grenze versetzen. Immer einen Schritt weitergehen. Immer. Das hat Andrea mich gelehrt. Das lehren Geschichten wie seine uns.
Ich danke Gabriele für die gemeinsame Arbeit, für seine Sensibilität und sein Talent, die emotionale Welt von Andrea und seiner Behinderung darzustellen, die einfach und doch so komplex ist.

Fabiola Beretta
Vorsitzende ATLHA

BESTSELLERAUTOR JOHN GREEN

ALLE LIEFERBAREN TITEL,
INFORMATIONEN UND SPECIALS
FINDEN SIE ONLINE

www.dtv.de

dtv
Reihe Hanser